KEITAI
SHOUSETSU
BUNKO
SINCE 2009

野いちご

【イケメンたちからの溺愛祭！】

最強総長に、甘く激しく溺愛されて。

～RED KINGDOM～

柊乃なや

JN020293

◎ STARTS
スターツ出版株式会社

赤帝高校（せきていこうこう）・4階エリア。
ここは、暴走族 "RED KINGDOM（レッド キング ダム）" の縄張り（なわば）。
学園のトップシークレットとされるこの領域で
幹部たちは今日も
トランプゲームに興じていた

♠ RED KINGDOM　幹部名簿 ♠

===========================

壱ノ席（いち）：KING（キング）
京町怜悧（きょうまちれいり）

弐ノ席（に）：QUEEN（クイーン）
※ 現在空席

参ノ席（さん）：JACK（ジャック）
三好 恭悟（みよしきょうご）

肆ノ席（し）：JOKER（ジョーカー）
黒土絢人（くろつちあやと）

伍ノ席（ご）：ACE（エース）
巫夕市（かんなぎゆういち）

陸ノ席：ELDEST

※現在空席

漆ノ席：DEALER
七原 了

==========================

前代未聞である "QUEEN" の空席。
その座を狙う女子生徒たちはあとを絶たず
KINGからの「指名」をもらおうと
座の争いは激化し続けて──。
「……そろそろ潮時、か」
2学期。
痺れを切らした幹部たちが
ようやく動き出す──。
「優しくしてやるから、俺の部屋に来い」
檻の中、甘く激しく。

最強総長に
甘く激しく
溺愛されて。
RED KINGDOM

人物紹介

KING
（総長）

暴走族 "RED

京町 怜悧
（きょうまち れいり）

基本的にドライでクールだけれど、
仲間は大事にする超イケメンの最強
総長。月を危険に巻き込まないよう
距離を置くものの、本当は触れたく
て仕方ない。

QUEEN

本田 月
（ほんだ るな）

ちょっぴりドジな高2女子。ワケあっ
てイケメン幹部たちしか入れない特
別寮で暮らすことに!? しかも、幹部
唯一の女子の役職 "QUEEN" に指名
されてしまい…？

♣ JOKER（内偵）

黒土　絢人
くろつち　あやと

他人嫌いだけれど、懐く相手にはとことん懐く。月と同じクラスで、何かとかまってくる。

♠ JACK（警固）

三好　恭悟
みよし　きょうご

博愛主義で、無自覚な女たらし。骨抜きにされた女子は数知れずとか…？

KINGDOM ” 幹部

♥ ACE（特攻）

巫　夕市
かんなぎ　ゆういち

人懐っこいかわいい系男子。女の子は基本苦手だけれど、月には甘えてくる。

♦ DEALER（参謀）

七原　了
ななはら　りょう

怜悧たちのひとつ先輩。伝説と言われる強さを誇るけれど、体が弱く入退院を繰り返す。怜悧を信頼して総長を任せた。

contents

イラスト／春藤なかば

プロローグ

　夜の８時30分。引っ越しの荷物を送っていたら、すっかり家を出るのが遅くなってしまった。

「ねえーやばくない？　“QUEEN”の空席とか聞いたことないんだけど！」

　最寄り駅に降り立って、改札をくぐると、そんな声が耳に飛び込んできた。

　クイーン？　空席？

　って、いったいなに……？

　気になって視線を上げると、私のななめ前を女の子４人組が体を寄せ合って話していて。

　……なにやら、かなり盛り上がっている様子。

「でも席が埋まってないってことは、うちらにもまだ可能性あるよねっ」

「いや～ムリでしょ。今の“KING”のウワサ聞いてる限りはさぁ」

「冷酷無慈悲。特に女子相手には、にこりともしないんだっけ？」

「でもそのほうが逆に燃えるよねー」

　そう楽しそうに笑いながら、私と同じ方向へ夜道を駆けていく。

　もしかして同じ学校の子たちかな……？

　いったいなんの話やら、さっぱりだったけど。

「てかやばいって！　早く寮に戻んないと無断外出バレちゃう!!」

「だね！　走ろ、寮まで競走じゃ〜！」

　ううう、仲良しでうらやましいよお……。

　女の子たちの姿を目で追いながら、ふう、と密かにため息を落とす。

　明日は転校初日。こうしてひとり、新しく通う赤帝高校の寮に向かっている。

　私、友達できるのかな……。

　ふと、そんな不安に駆られ、ひとりごとばとは、歩いていたときだった。

　──ヴォン、ヴォォン！

　──ドドドドドドド……！

　後方から、地響きにも似た爆音が聞こえてきた。

　いったい何事!?

　振り向けば、道路いっぱいに広がったバイクたちがこちらに近づいてくるではないか。

　ひえ、怖すぎる……!!

　彼らのヘルメットは、首の後ろにぶら下がっているだけで役目を果たしていないし、そもそも被っていない人だっている。

　遠目から見た感じみんな若そう。

　まさか同じ高校だったりしないよね……？

　そそくさと道路脇に避けて、彼らが通り過ぎるのを待った。

——はず、だったのに。

「ちょっと、そこの子！」

　まさか声をかけられたのが自分だとも思わず、うつむき加減でじっと立っていたところ。

「あんただよ、あんた！　聞こえねぇーのか！」

　真横でバイクが停止して、肩を乱暴に掴まれた。

「わ、わた、し？」

　あまりの驚きに声が上ずる。

　金髪にじゃらじゃらとアクセサリーをつけた男の人。

　知り合い……ではない、どう見ても。

「な、なんでしょう」

　すると、相手の口角が怪しくつり上がった。

「そのカバン、赤帝のだろ？　あんたの学校のKINGについて、知ってること全部吐きな」

「へ……、キング？」

　って、なに？

「痛い目見たくねえだろ？　教えてくれたら離してやるからさ」

　「な？」と怖い笑顔で圧をかけられるけど。

「キング？　って、なんのことですか？」

「あ？　とぼけてんじゃねーぞ！」

　私の回答が気に入らなかったらしい。

　バイクから降りた数人に、あっという間に囲まれてしまう。

　そんなこと言ったって！

「本当に知らないんです。私、今日、帝区に越してきた身なので……！」

「ハハ、てめー、もっとマシな嘘つけよ」

「カワイー顔に傷つけたくねえなら、さったと吐いたほうが身のためだぜ？」

　本当なのに、信じてもらえない……。

　こういう場合どうしたらいいんだろう。

「まあまあ。吐かないなら吐かないで、もっと楽しいことに利用するのも手じゃないですか？」

　後ろのほうからそんな声がかかったかと思えば。

「……ああ、そうだな。お前ら、この女連れていけ」

　周りにいた人たちがじりじりと詰め寄ってきて、逃げ場がなくなってしまう。

「怯えた顔、そそるね。心配しないで。俺ら、やさしーよ？」

　──治安の悪い街だとは聞いてた。

　でも、ここは学校の近くだし大丈夫だろうって思ってた。

　……ちょっと、いやかなり。

　甘く見てたかも。

　帝区に着いたとたん、こんな目に遭うなんて想像もしてなかった……。

　ゆっくりと血の気が引いていく。

「おら、しっかり歩けって。この場で犯されてぇか？」

　スカートの隙間からするりと手が忍び込んできて、ぞわっと悪寒が走った。

　やだ、絶対いや……。

「抵抗できないように手縛れ。目隠しも忘れんなよ？」

「っ、やあっ」

　次の瞬間、布のようなものを顔に巻かれて視界は真っ暗。

　途端に前も後ろもわからなくなって、ただただ恐怖に襲われる。

　——転校する前、両親からさんざん反対された。

　帝区は不良の集まる街だからやめなさいって。

　それでも……。

　たとえ危ないところでも、会いたい人がいたんだよ。

　このままこの人たちに誘拐されて、もうそれすら叶わなくなっちゃうのかな……。

　目頭が熱くなる。

　恐怖が体中を支配する中、にじむ涙に気づいてくれる人はいない。

　圧倒的な力の差に、おとなしく身を差し出すしかないと、希望を手放した——次の瞬間。

　鳴り響いたのは車のクラクション。

「チッ。うるせえな」

　いくら通行の邪魔になろうと、彼らに退く気はさらさらないらしい。

　車は苛立ったのか、連続で音を鳴らし続ける。

「おい、あの車どうにかしろ」

「えー、んなこと言ったってどうすりゃ」

「フロントでも割ってやれよ」

　けらけらと笑う声に、この人たちには常識なんて存在し

ないんだと改めて感じた。

「うをっ。見ろよ、後ろの席から誰か降りてきたぞ」

「ひゅ〜度胸あるう！　命知らずの馬鹿は誰か、……」

　不自然に途切れた言葉。

　静寂ののち、周りが息を呑む気配がした。

　視界を奪われていても、明らかに空気が変わったのがわかる。

　なに、この張り詰めた感じ……。

「やたら騒がしいと思ったらこれだ」

　その低い声は、私に向けられたものじゃないのに、心が委縮するほど冷たくて。

「お前ら、誰の許可を得てここらをうろついてんだ」

　目が合ったわけでもないのに、視線で殺されそう。

　そんな想像をしてしまうくらいの殺気がびりびり伝わってくる。

　車から降りてきたって言うけど、何者っ!?

「おい、誰だよ。赤帝のKINGは１週間学校を離れてるって言ったやつ。しっかりいるじゃねぇか」

「す、すいませんっ。うちの幹部のほうでちらっとそんなウワサを聞いたもんで……」

　こそこそと焦り声が聞こえる。

　"赤帝の、キング"……。

　わからない単語にますます不安が募っていく。

　だけど、その赤帝のキングとやらに彼らの気が向いている今なら、逃げだせるんじゃないかと……。

　もうあと少しで寮だったはずだし……！

　誰も私に触れていないことを確認して、そっと後ずさりした。

　目隠しのせいで、どっちに逃げればいいのかわからない。

　それでも……。

「っ、おい、女が！」

「馬鹿、取り押さえろ！」

　無闇に駆け出したのはいいものの、やっぱりそう上手くはいかないみたい。

　５秒も経たないうちに腕を掴まれる。

　そして、前からぎゅっと抱きしめるみたいに動きを封じられて。

　——その瞬間、ほのかに甘いムスクの香りがした。

「平気か？」

「っ、え……？」

　落ちてきた言葉にいったん思考が停止する。

「世話の焼ける女だな」

　この静かな響きは知ってる。

　さっき、すごく冷たい声を出してた人だ……。

　ううん、それよりもっと前から知ってる気がする……なんて、おかしいかな。

「うちの生徒に手出したんだ。それなりの覚悟があってのことなんだろうな」

　助けてくれた……の？

　離れたところから舌打ちが飛んでくる。

「くそ。お前ら、松葉さんとこ戻んぞ……」

　そして再び。

　──ヴォン、ヴォォン！

　──ドドドドドドド……！

　迷惑極まりない爆音を響かせながら、バイクたちは去って行った。

　た、助かった……。

　ひとまず安心すると、足元からふっと力が抜けていく。

　抱きしめられてなかったら、尻もちをついていたと思う。

「あ、ありがとうございました」

「べつに」

「今の人たちって……なんだったんですか？」

「黒帝の下っ端だ。今回の件については俺がきちんとカタをつけておく」

　そっと背中を押される。

「寮行くんだろ？　こっちだ」

　視界が奪われてるせいで、触れられたところにいちいち意識が集中する。

　どき、どき……。

　鼓動が速まるのは、緊張してるから？

　……あ、ていうか目隠しをとれば、ひとりで歩けるよね。

　そう思った矢先。

「車。危ねえ」

　さりげなく手を引かれて、どきっと跳ね上がる心臓。

　直後、すぐそばを車が勢いよく通りすぎていく気配がし

た。
「この辺り飛ばすやつ多いんだよな」
　左から声がする。
　道路わきに寄せて守ってくれた……みたい。
「あ、ありがとうございますっ」
　車はもう去っていったのに、手はぎゅっと繋がれたまま。
「冷てーな、大丈夫か？」
「っえ？」
「手だよ。そんな薄着じゃ、風邪引くんじゃねえの」
「う、あ……だ、大丈夫です、昔から体だけは丈夫なので」
「……ふうん」
　次の瞬間。
　ふわりと肩になにかがかけられた。
　あったかい……。
「え？　これ……上着？」
「寮まではまだ歩くだろ」
　そんなセリフと同時、するっと目隠しがほどかれた。
「この辺り、危ねえんだから気をつけろよ」
　開けたはずの視界も、夜道だから慣れるまでに時間がか
かる。
　相手が去って行く気配を感じてはっとした。
　待って、ちゃんと顔を見てお礼言わなきゃ……！
「あのっ」
　背中に声をかけると、ちょうどその方向から車が走って
きて。

　ヘッドライトの眩しさにとっさに目を細める。

　振り向いてくれたのに、逆光で顔がよく見えない。

　なのに……ざわっと胸が騒ぐ。

　立ち姿が──記憶の中の男の子と重なって見えた。

　──本当にありがとうございました。

　そう言うつもりだったのに。

「──怜悧くん、？」

　名前が無意識に零れて。

　私たちの間を風が吹き抜けるまで、時間が止まったのかと錯覚するほど静かだった。

「……誰それ」

　抑揚なく落とされた声に、小さく落胆した。

　そうだよね、こんな都合よく会えるわけない……。

「す、すみませんヘンなこと言って、アハハ……。本当にありがとうございました」

　もう一度頭を下げたときには、彼はもう、こっちを見ていなかった。

濡れた制服

　——私立赤帝高等学校。

　4階建ての真っ赤な校舎がこちらを見下ろしてくる。

　建物の中央には大きな時計台。

　その左右では校旗が昂然とはためいている。

　いい意味で古風な外観だと思う。

　赤で塗り固められた校舎に気圧されつつ、いつまでも緊張してはいられない。

　昨日の夜はトラブルがあったけれど、改めて、自分を鼓舞するように深呼吸する。

　せっかくの高校生活だもん。

　友達ができなくても、勉強がきつくても。

　——もし、好きな人に会えなかったとしても。

　私は私なりに楽しむもんね……！

「初めまして。ええっと、本田月です。今日からよろしくお願いします」

　2年A組。教卓の前。

　早く席に着きたい一心で、短く無難にあいさつを済ませたというのに。

「みなさん、いろいろ教えてあげてくださいね。それじゃあ、本田さんになにか質問ある人ー？」

　なんて、担任の先生が余計なことを言う。

　ヒイイ、勘弁（かんべん）してよお。

　誰も質問なんてあるわけないじゃん……っ。

　と、思ったのもつかの間。

　「はーい！」とひとりの男子生徒が手を挙げるからびっくりした。

「本田サンはなんでこんな時期外れに転校してきたんですかー！」

　なっ……。

　私はいいけど、それって人によってはかなりデリケートな話題だったりするのに！

　時期外れ、かあ……。

　確かにそう。だって今は、高２の２学期を少し過ぎたころ、だもんね。

「えーと、転校の手続きとかなにやらで、遅くなっちゃって……」

「そうなんだ。ちなみに彼氏いますかー？」

「可愛（かわい）いからいるでしょ」

「へ……？」

「お前それが聞きたかっただけだろー！」

　と、別の男子。

「やめてやれ、いきなりカワイソウだろー！」

　と、もうひとりの男子が突っ込んでくれたおかげで、にこにこしてやり過ごすことができたものの。

　彼氏、かあ……。

　内心ヒヤヒヤ。

いや、当たり前のようにいないよ。

いないけど……。

「好きだった人に会うため」なんて理由で、わざわざ転校してきたことが、もしバレたら……。

うーん。たぶんウワサになって、からかわれて、のちのち大変だろうなあ……。

言わないほうがいいね。

そもそもこの学校に"あの人"がいるかも、まだわからない……けど。

控えめに教室を見渡す。

……このクラスにはいなさそうだけど、最後に会ったのは5年くらい前だし、見た目が変わってて気づかないだけかも。

でも怖いくらい綺麗(きれい)な顔立ちをしていたから、会ったらひと目でわかりそうな気もする……。

昨日の人は違ったみたいだけど、懐かしい感じがしたのはどうしてだろう。

「はい静かに！　じゃあ本田さんの席は、一番後ろの……窓側から2番目だからよろしくね」

先生がそう言った直後、ざわっと大きなどよめきが起こった。

「うわ、カワイソ」

男子陣(じん)から哀れみの声が聞こえた一方で。

「え、いいなあ！　ずるい!!」

女子陣からは、心底うらやましそうな声が上がる。

え、え、なに……。

指定された自分の座席に目を向けると……。

その隣には、私のほうなんか一切見もせず、頬杖をついてスマホを触っている男の子がいた。

整った顔はどこか物憂げ。退屈そうにしながらも、纏う雰囲気に隙はなく。

この教室で、明らかに──いい意味で浮いていた。

なるほど、これは間違いなくモテる人だ……。

ただ気になるのが「カワイソ」ってセリフ。

もしかして、性格がかなりヤばい人なのかな。

黒板の前から後ろまで、距離はたった数メートルなのに。

クラスメイトの張り詰めた視線のせいで、席に着くまでが永遠にも感じられた。

なるべく音を立てないように椅子を引く。

隣の彼は、相変わらず頬杖でスマホ。

私にはまっっったく興味がないみたい。

とはいえ初対面で隣の席となれば、あいさつくらいはするのが礼儀。

「あのー、隣、よろしくお願いします」

小さく声をかけると、相手は視線だけをこちらに寄こして。

「誰？」

だ、だれ……っ？

まさか、教卓で私があいさつしてたのすら聞いてなかった？

　あわあわする私に追い打ちをかけるように

「やべえ。あの子、黒土サンに話しかけたぞ！」

　と、焦りと興奮の混じった会話が聞こえてきた。

　黒土くんっていう名前なんだ。

　も、もしかして、喋りかけたらだめな感じの人だったの

……？

　で、でも、「誰？」って聞かれたからには、ちゃんと答

えないとっ。

「ほ、本田月です。今日から、ここに転校してきまして」

「……。ほんだ、るな？」

「は、はい」

「…………」

「…………」

　会話終了？

　かと思いきや。

「最悪」

「え？」

「せっかく今まで隣いなかったのに」

「は、はあ……。それは、すみません、」

　でもそれは、私がどうこうできる問題じゃないし……。

「まー。せいぜいおとなしく、いい子にしといてよ。あん

たをこのクラスから追い出そうと思えば、おれ、いつでも

できるから」

　お、追い出すってそんな……。

　黒土くんにそんな権利ないよね……？

　そう思ったけど、抑揚のない口調の中に、ぞっとするくらいの冷たさが確かに存在した。

　慣れない環境の変化による緊張や不安も相まって、気づけば喉はからからに渇（かわ）いていて。

　ホームルーム終了後。

　先生が教室を出たのを確認して、自販機で買ったペットボトルをカバンから取り出す。

　とりあえず一服（いっぷく）しよう……朝からいろいろ、頑張った、私。

　ところがキャップを回そうとするも、なかなか動かず。

　ぐぐぐ、とヘンに力を込めすぎたところ。

　開いた！と喜んだ直後、するり。

　水滴で手が滑（すべ）ってしまった。

　……あ。

　手から離れる、傾く、中身が零れる……。

　ペットボトルの飲み口は——黒土くんのほうを、向いている。

　その光景は……やけにスローモーションで目の前を流れた。

　バシャ……。

　本田月、17歳。

　転校初日、隣の席の怖い男の子にお水を、ハデにぶちまけました。

　不気味なほど静まり返る空間。

　ぽた、ぽた……と、黒土くんの机から、制服から、雫（しずく）が

滴り落ちる。

やばい、早く謝らなきゃとか早く拭かなきゃとか。

頭ではわかるのに、体がぜんぜん動かない。

おとなしくしてろ、と言われたそばから、このザマです。

沈黙の中、「チッ！」と。

鋭く放たれた舌打ちの威力は凄まじく。

そ、相当怒っていらっしゃる……。

ちらりと周りに目を向けると、当事者でもないクラスメイトたちまで青ざめていた。

「やばいって、転校生逃げて……」

「ど、土下座案件だよ……」

──やらかした。

どうやらこのクラスで一番怒らせちゃいけない人を怒らせちゃったらしい。

「ごめ……ごめんなさい」

ようやく出てきた謝罪の言葉。

「冷た……」

「はい、本当にごめんなさい……。私にできることならなんでもします」

「"なんでもする" なんて、そんなの、軽々しく言うことじゃないよ」

「いやでも、軽い気持ちで謝ってるわけじゃないので」

「じゃあなに？　この命、あなたの好きにお使いくださいってくらいの、本気の覚悟があるの？」

「……そ、そこまではない、かも……？」

　さすがに命までは捧げられないけど、自分の過ちはきちんと償う最低限の覚悟はある。

「でも、黒土くんの気の済むまでこき使ってもらって、ぜんぜん大丈夫なので……！　荷物持ちとか、購買にパン買いに行ったりとか。あとはノートとったり、希望があれば課題もやりますっ」

　どうかな？

　おそるおそる、相手の様子をうかがえば。

　くすり、と笑う気配がして。

「ふうん。課題までやってくれんの？」

「はい。……他にもまだ要望があれば聞きますよ？」

「いや、もう十分」

　心なしか口調も柔らかくなった気がした。

「おれ正直者好きなんだよね。ついでに言うと、度胸のある人間はもっと好き」

「……はあ」

　ごくり。息を呑んで相手を見つめる。

　１秒、２秒、３秒待って、これ以上責められることはないと確信。

「あの、じゃあ、体拭きます、ね……？」

　ハンドタオルを取り出す。

「いや、なにしようとしてんの？」

「へ？　あ、濡れちゃってるので拭こうかなと」

「教室で？　馬鹿じゃないの。ドコまで濡れてると思ってんの？」

「どこって……」

　襟元でしょ、胸元でしょ、お腹でしょ。

　こ、腰回りでしょ……。

　それから……。

「もしかしてズボンまでいっちゃって……」

「…………」

「ますよね、ゴメンナサイ……」

　はあ～なんてこった。

　どうするのが正解かわかんないよ。

　すると、直後。がたりと音を立てて黒土くんが立ち上がった。

　そして、前の席の女の子に「ねえ、」と声をかける。

「転校生とおれ、ちょっと抜けるから。もし先生になんか聞かれたらテキトウに説明しといて」

　話しかけられた女の子が顔を真っ赤に染めて、コクコクと機械みたいに頷く一方で。

　当然のように教室を出て行こうとする黒土くんに、私はあ然とするしかなく。

「ねー、るなこ。なにしてんの早く来なよ、そのタオル持ってさあ」

　え……。るな、こ……？

「私、"るなこ"じゃなくて、"るな"……」

「知ってる知ってる。るなこは愛称」

　かわいーでしょー、と微塵も思ってなさそうな棒読みのセリフを口にしながら廊下へ出て行ってしまった。

　転校生、いったいどうするの!?というみんなからの視線を痛いほど受け止めながら考える。
「て、転校生ちゃん、殺されたくなかったら早く行ったほうがいーよ」
「黒土くんの言うことは素直に聞くのが身のためだって」
　殺される!?
　なんて物騒な！
　正直わけわかんないけど、こんなこと言われたらもう黙ってついて行くしかない。
　転校初日から授業さぼっちゃうなんて………。前途多難な高校生活。
　どうか無事に済みますように……!!

「わ、黒土サン……っ。ちょ、お前ら道空けろや！」
　男子生徒が慌てたように隅に寄って頭を下げる。
　なんとも異様なこの光景を目にするのも、これで３度目。
　たった20メートルくらい歩いただけなのに。
　何者？
　目の前を歩いてる人のことをなんにも知らない私。
　当の本人は、ふわあと眠たそうにあくびをしている。
「あーあ、くだんな～。道空けろとか誰も頼んでないのにねえ？」
　ひとり言みたいだったから、なにも返さないでおいた。
　広い校舎を歩くこと２分ほど。
　黒土くんが足を止めたのは、なんと保健室の前だった。

　あーわかった！
　替えの制服をここで借りようってことだ！
「先生いるといいね」
「はあ？　いたら困るけど」
「えっなんで？　だって制服を借りるんだよね？」
「……、」
「……。あっ」
　ワンテンポ遅れて、無意識にタメ語が飛び出ていたこと
に気づいた。
　しまったとくちびるを嚙むけど、当然なかったことには
ならず。
「う、あ……ゴメンナサイ。無意識にタメ口になってました、
気を抜いててうっかり……」
「どっちでもいいけど。おれ敬語嫌いだし～」
「え……でも、みんな敬語だったから……」
　これは、遠回しに敬語を使うなと言われてる？
　でも、これをあっさり信じてタメ語で話して地雷踏ん
じゃったら最悪だしなあ……。
　そんな葛藤をしていたら、タイミングのいいことに保健
の先生らしき人が現れた。
「黒土くん、なーんか久しぶりだね。今日は何の用ですか」
　白衣を着たその人は、40代くらいの綺麗な女性。
　黒土くんと親しいと見た。
「この転校生に水ぶっかけられたから、部屋貸して」
　ちょっとハナシが違う気がするよ。

　ぶっかけられたって。

　なんかそれ、私が故意にそうしたみたいじゃん！

「じゃ、そーいうことなんで」

「うぐっ、ん」

　赤面するレベルのヘンな声が出てしまったのは、首根っこを掴まれて強引に室内へ押し込まれたから。

　見た目は気だるさ全開なのに、やたらと力のお強いことで……。

　先生、にこにこしてないで止めてくれてもいいのに。

　くいつか止めるべきでしょ。

　女の子が目の前で乱暴されていますよ！

「じゃあワタシはちょっくら職員室まで行ってきますので」

　身を翻した先生の長い髪が優雅に靡く。

　どうしよう、止めてくれるどころか、どっか行っちゃった……！

　黒土くんがスー…と扉をスライドさせて、カチャリ。

　内側から鍵をかけた。

　生徒たちの声もぴたりと聞こえなくなって、ここだけ、切り離された別世界みたい。

「なんで鍵かけるの？」

「あー、るなこはかけないほうが興奮するタイプ？」

「鍵かけちゃったら、具合が悪くなった人が来たとき困るでしょ」

「そのときはちゃんと開けてあげる。おれは静かなところで、るなことふたりになりたかったの」

　その妖しい表情を見て、ようやく「もしかして」と思った。

　これでも人並みに少女漫画を読んできた私。

　誰もいない保健室でふたりきり、ときたら……？

「きゃっ、あ!?」

　手を掴まれたかと思えば、次の瞬間には足元をさっと払われる。

　バランスを崩した体は、そのまま見事にベッドへ投げ出された。

　起き上がろうとするも、びくともせず。

「あ……、えと、あの」

　私に覆い被さる黒土くん。

　……押し、倒されて、いる。

　力でだめなら、せめて言葉で説得しようと口を開くけれど、そこから先がまったく出てこない。

「笑えるくらい無防備」

「……っ、」

「どんな反応するかなって、試しに押し倒してみたけど」

　反対の手が伸びてきて、首筋をつー…っとなぞる。

「ひゃ、あっ」

「大事な体を、今日会ったばっかの男にこんな簡単に触れさせて……。あぶない女だね」

「……黒土くん、あの」

　初めての経験で体が硬直しきってる。

　それでも、こうやって触れたりするのは、私は好きな人

とだけって決めてるから……！

「はな……離れてヘンタイ……！」

　ゴツッ！

　勢いのまま頭突き（ず つ）をした。

　焦ってたからか、力加減がうまくできなくて。

「くっ、痛って……」

「ううう痛い……」

　私たちの悲痛な声が重なった。

「ちょっとからかっただけなんだけど？　本気にしないでくれる？　狂暴女（きょうぼうおんな）ちゃん」

　眉を寄せて、ゆっくり上半身を起こした黒土くん。

　は！　しまった！

　また怒らせちゃったかも！

　頭突きまでして、こ、今度こそ殺される……っ!?

　シャツのネクタイを緩（ゆる）めながら、私の隣に腰を下ろした彼を、ごくりと息を呑んで見つめる。

「頭ぶつけてくる女とか初めて……」

　あ、あれ？

　笑ってる……。

　絶対ブチ切れると思ったのに、すんなり許してくれた？

「怒らないの？」

「言ったじゃん。おれは、度胸のある女は大好きだよって」

　よ、よかった～。

　クラスメイトがあんな風に言うから萎縮（いしゅく）しちゃってたけど、話してみれば、ちょっと口が悪い男の子って感じ。

「てか。るなこ相手に欲情とかしないから安心してー。いろいろ足りなさそうだし……」

「それはそれでちょっと傷つく、よ」

「遊び道具くらいにはなるかなと思ったんだけど……残念」

　んな……容赦（ようしゃ）ないタイプだ。

　せめて人間扱いしてほしいよね、女の敵。

「睨（にら）んでも迫力ないねぇ。てか、体拭いてくれるんでしょ？ほら、どうぞ」

　躊躇（ためら）うそぶりもなくシャツを脱（ぬ）いだかと思えば、下着までまくり上げるからびっくりする。

　あらわになった肌を見て反射的に目を逸（そ）らす。

　異性の肉体が目の前に……と思うと、平常心じゃいられない。

「あのさあ、こっち見なきゃ拭けないでしょ」

「う……だってぇ」

「恥ずかしいって？」

「そりゃあそうだよ。男の子の体拭くなんて初めてだし」

「じゃーあんたも脱げば？」

「うん。……え？」

　当たり前のようにそう言うからつい頷いちゃったけど、よく考えたらおかしい。

　ハテナの衝動（しょうどう）でつい視線を黒土くんに戻してしまった。

「おれが脱いでるから恥ずかしいんでしょ、じゃあ自分も脱げばいいハナシ」

　えっ、そういうものなのかな……？

　一瞬でも納得しかけた自分に赤面。

「うう〜黒土くんのヘンタイ……。私を脱がせようったって無駄だからね」

「勘違いもはなはだしいね。そんな貧相な体見せられたところで……」

「ひどいよっ。……き、気にしてるのに」

　私だって誰もが振り向くスタイルのいい女性になれるものならなりたいもん……。

　……って、しょんぼりしてもしょうがないよね、早いとこ体拭いちゃお。

　と、開き直ったのもつかの間。

「どうせ、今までの彼氏にろくに触ってもらえなかったんでしょ」

「…っ、へ、あ？」

　とつぜんなんのハナシかと、ばくんと心臓が飛び跳ねた。

　触ってもらえなかったって、え、ええと。

　そもそも。

「か、彼氏って……わた、私……」

「うん？」

「…………いたことない、です」

「そうなんだ。まあ、そうだろうと思ったけど」

　そうだろうと思ったなら初めから言わないでよ。

　話し方も動作もぜんぶ気だるげなのに、口だけはえらく達者な黒土くん。

　余計なひと言を添えるのを忘れない。

　もういちいち気にしてられないと思って、黙って体を拭いた。

　首、胸、お腹。無心で拭き上げる。

「るなこ」

「なんですか……？」

「彼氏いないんならおれが可愛がってやろうか。胸大っきくなりたいんでしょ」

「は、う、……また冗談ばっかりっ」

　だめだ……。

　黒土くんのペースに乗せられないように頑張ってたのに、あっけなく乱される……！

　軽い人って苦手だよ……。

「冗談じゃないよ。おれも最近ご無沙汰なんだ」

　タオルを握った私の手に、黒土くんの手がそっと重なった。

　触れた手が思いのほか熱くてびっくりした。

　低体温っぽそうだなあと、勝手に思ってた。

　どういうつもり……？

　おそるおそる見上げたところで視線がぶつかる。

　色素の薄いブラウンの瞳。

　生気はないのに、不思議と引きつけられる。引きつけて呑み込むみたいな。魔力を秘めてそうな、感じ。

「るなこ」

　もう一度名前を呼ばれて、はっと瞬きをした。

「わた、し……。彼氏はいないけど……」

「うん」

「好きな人が、いて……。というのも、その人に会うために赤帝に転校してきたところがありまして……」

　ああ、なんてこと。

　誰にも言わないって決めてたのにな。

「だからね、あの。冗談でも、他の男の子とイチャイチャ、みたいなの、するのは嫌なの……」

「はあ？　好きな人追いかけてきて転校してきたとか、死ぬほど重〜っ！」

「うう、それは承知です……。でも小学校５年生のときに、その人と同じ高校に行こうねって約束したから……」

「小５？　それはまたえらく昔の約束を……。そんなの、相手はとっくに……──」

　黒土くんが言葉を切ったのは、たぶん私が傷ついた顔をしちゃったからだと思う。

　相手はとっくに忘れてる。

　たぶんそう言いたかったんだよね。

　大丈夫、私もそのくらいわかってる。

　何年も前の約束に夢を見てるわけじゃないよ。

　少し迷うように視線を泳がせたあと、黒土くんはわざとらしいため息をついた。

「まあいいんじゃない。ふらふらしてる尻軽より、一途なほうが魅力的だろうし」

「っ、ほんと……？」

　てっきり笑い飛ばされると思ったのに。

　案外、優しかったりするのかな……。

「で、誰？　その約束した相手って。うちの高校にいるん
だろ？」

「う……。たぶん赤帝だとは思うけど。まだ、いるかどう
かわからなくて……」

　名前を口にするのが怖い。

　もし、そんな名前の生徒はいないって言われたら……。
しばらく立ち直れないかも。

　それでも、と思う。

「あの、ね。この学校に……」

　記憶をたどって、頭の中に並べた文字をそっとなぞった。

「"京町怜悧"って人いる……？」

　──ばくんばくん。

　内側から心臓が飛び出てきちゃいそう。

　吐きそうになりながら黒土くんを見つめるけど、これと
いったリアクションがない。

　どっち、なの……。

「や、やっぱりいないかな……？　そもそも生徒の名前と
か急に言われてもわかんないよね、ごめん……」

「──いや、いるいる。京町怜悧って男」

「っ！　ほ、ほんと……っ？」

　よかった……っ。

　これで会えるかもしれない！

　怜悧くん、どんな男の子になってるんだろう。

　私のこと、覚えてくれてるかな？

　会えたら、話したいことがいっぱいある……！

　馬鹿みたいに浮かれた。

　だけど、その直後。

「怜悧が相手なら諦めな。ムリだよ」

　容赦のないセリフが放たれ、ぐさりと突き刺さる。

　意地悪とか、からかうために言ってるんじゃないって、沈んだ目を見てわかった。

「るなこだからってわけじゃない。怜悧に関しては誰が相手でも望みなんかないよ」

「……それは、どうして」

「会えばわかる」

　そう短く言い放つ。

「おれはシャツが乾くまでここで寝てるから、るなこは教室に戻りな」

「え……」

「大事な初日の授業でしょ。頑張ってね」

　にこ、と控えめな笑顔が私を送り出した。

　仕切りのカーテンを閉めたあとで、「るなこ」と再び声がかかる。

「なに……？」

「次会うときまでに、おれの名前覚えてきてよ」

「え……？　黒土くんでしょ？」

「下の名前もね。……じゃあ、おやすみ」

　それきり何も聞こえなかった。

　──怜悧くんはこの学校にいるけれど、ムリ？

　どういうことだろう。いろいろなことが起こって、頭の
なかが混乱している。

　ベッドに向かって「おやすみ」と、かなり遅れた返事を
すると、私は保健室をあとにした。

権力者たち

「転校生ちゃん、生きてた〜よかった！」

　４時間目の授業中だと思って、気の重いまま教室の扉を開けたけれど、そこに先生の姿はなく。

　代わりに、扉付近にいた男子生徒が立ち上がって声をかけてくれた。

「いきなり"あの人"に連れてかれるから、どうしたことかと思ってさ〜無事？」

「えと、あ、無事……といえば無事なんだけど」

　手を出されそうになったけど、あれは本気じゃなかったし……。

「ていうか、いま授業中じゃ……」

「自習になったんだよ。それより、マジで災難だったね。怖かったでしょ」

「怖……？」

　くは、なかったよ。びっくりしたけど。

　私が首を傾げている間にも、相手は興奮したように話を続ける。

「黒土君は幹部の中でも特に異質だって言われてるし……。もーみんな転校生ちゃんのこと心配してたよ」

「カンブ……？　イシツ？」

　待って、さっきから話に追いつけないんだけど。

　異質って……べつに、言うほどではなかったような。

　さらに首を傾げると、ようやく私がなにもわかってない
ことに気づいてくれたらしい。
「あ、もしかして知らないのか！　ちょうど自習だし、オ
レが学校のこといろいろ教えてあげるよ。なにから知りた
い？」
「ほ、ほんとですか？　助かります……」
　転校してきた身としてはこれほどありがたいことはない
ので、お言葉に甘えることにした。
　どこから知りたい、か……。
　まず、私が知っていることと言えば。
　——ここは帝区、１番街に建つ、私立赤帝高等学校。
　全寮制。
　生徒数約700名。男女比、３対２。
　偏差値はまあまあの進学校。
　怜悧くんがいるかもしれない学校のことだから、転校前
に調べられる情報は徹底的に調べた。
　伝統を重んじる校風だってパンフレットに書いてあった
けど、「カンブ」なんて文字はどこにも見当たらなかった
よね……。
　一番知りたいって言ったら、やっぱり"怜悧くん"につ
いて。
　でもそれは他人から聞くより、自分の目で確かめたいっ
て思うから、出かかった言葉を呑み込み、質問を改める。
「あの、黒土くんがイシツとか、カンブとか言ってたの、
どういう意味なのかなあって」

　すると前のほうから「転校生をひとりじめとかズルイ
ぞー」って声が飛んできて、もうひとりの男の子が私の隣
に並んできた。

「なにーなんのハナシしてんの」

「黒土くんについて説明をしようとしてるとこっすね」

「あー黒土くんはオレの憧れですわ！　と言いつつ、話し
たことないけどね」

　その人はひょいと肩をすくめてみせる。

「えっ、同じクラスなのに話したことないの？」

「そりゃあなんたって、相手はREDの幹部ですから」

　レッドのカンブ……。

「しかも幹部の中でも異端のJOKER（ジョーカー）ですからね」

　イタンノジョーカー……。

　話を聞けば聞くほど、わけがわからなくなっちゃう。

「あの〜、そのレッドとかカンブとかジョーカーとか、そ
のへんの専門用語を詳しく教えてほしいなあと……」

「あははっ、専門用語！」

　わ、笑われたあ……。

「REDってのは、赤帝高校の暗躍組織（あんやくそしき）"RED KINGDOM（レッド キング ダム）"
のことね」

「レッドキングダム？」

「そう。そのRED KINGDOMが生徒会を差し置いて、う
ちの学校の権力を握ってんだよね。……えーと、俗にいう
暴走族、なんだけど」

「暴走族が仕切ってるの!?　治安悪すぎない……っ？」

「まあ落ち着いて聞いて。REDは、本来はこの学校とは無
関係な組織なんだよ。ただ創設者がここの卒業生ってこと
もあって、伝統的にその強大な権力がずっと受け継がれて
……今に至るってわけ」

「……はあ」

　まぬけな顔して、とりあえず相づちを打つくらいしかで
きない。

　転校初日で、すでにこの情報量の多さ。

「表向きは生徒会が学校を仕切ってることになってるけど
ね。REDのほうが組織としての結束が固いし、生徒を統
率する圧倒的な力がある。先生たちもそれを認めてるし」

　手が付けられないから諦めてるとかじゃなくて？

　先生たちも認める暴走族なんて聞いたことないよ。

「まあ学校公認の暴走族だって、世間に知られたら面倒だ
から表には絶対出さないけど、メリットもあるし」

「メリットって？」

「校内で悪事を働くやつはREDに目をつけられるから、校
内の秩序（ちつじょ）が保たれるとか、かな。こう見えてうちの生徒は、
品行方正（ひんこうほうせい）で名高いんだよ」

　REDが恐ろしいから、みんなはおとなしく過ごすしか
ないってこと？

「良くも悪くも影響力がデカすぎるから、REDの幹部たち
には別の寮が用意されてるんだよね」

「えっ……。つまり男子寮、女子寮のほかにもうひとつ、
暴走族の寮があると……？」

「そーいうこと！　ぶっちゃけ裏ではいろんな悪いウワサのある組織だからね〜。諸刃の剣ってやつ？　使い方を一歩間違えれば学校の害になりかねない、ヒジョーに危ない存在」

　なるほど、ちょっとハナシが分かってきたかも。

　学校側がそんな扱いをしてるから、みんなもよそよそしいというか……距離を置くしかないんだろうな。

「REDが権力を暴走させすぎないようにって、５年くらい前に建てられた特別寮でねー。それはもうびっくりするくらい豪華だよ」

「どっから予算出てんの？って感じ。けど、それだけ学校側もREDと一般生徒の関わりを減らしたいってことなんだろうね。前に、男子寮が他の暴走族に襲撃された事件もあったし」

　襲撃事件!?　なんて恐ろしい……!!

「特別寮、セキュリティが他よりすげえ厳しいのね。けどそれって、安全のためってよりも、"REDの学内での行動を規制するため"らしいよ」

　だから──と、相手は少しだけ目を伏せた。

「その寮は"檻"って呼ばれてる」

　──それから授業が終わったあとも、ふたりはいろんなことを教えてくれた。

　権力が集中しないように、REDの幹部はクラスも別々だとか。

　教室に来なくても出席扱いになるだとか。

　ただ、学校側が恐れているのは、あくまで一般生徒を巻き込んだ抗争。

　生徒たちと深く関わらないことと引き換えに、REDのメンバーだけは日常的な外出・外泊を許可されているらしい。

　つまり、仲間のみの「外」での行動には、学校側は口を出さないということ。

　……出したくても、出せないってことなんだろうな。

「……あの思ったんだけど、REDの人たちとそんなに距離を取る必要あるの？　ハナシを聞いて大体の事情はわかったけど」

　問うと、また困った顔をされた。

「なんつーのかなあ、おそれ多いのよ。視界に入るだけで申し訳ない気持ちになんのね、わかる？　あとは単純に怖い。いざとなると興味よりも恐怖が勝つ」

「……あんまりわかんなかった」

「転校生ちゃんもすぐわかるようになるよ。あの人ら不穏なオーラあるもん。近づいただけで怪我(けが)しそうだわ」

　そうなのかなあ。

　黒土くんと接しても、そこまで怖いとは感じなかったけどなあ。

　他のメンバーを見たら、その感覚がわかるようになるってこと……？

「そもそもREDの幹部って何人いるの？」

「えーっと、本来は７人だよ」

「"本来"？」

「幹部には壱から漆までの席が与えられてるんだけど、今は空席が２つ、あるんだよね」

　そう言うと、彼はノートの切れ端になにか文字を書き始めた。

============================

　　　　壱ノ席：KING

　　　　弐ノ席：QUEEN

　　　　参ノ席：JACK

　　　　肆ノ席：JOKER

　　　　伍ノ席：ACE

　　　　陸ノ席：ELDEST

　　　　漆ノ席：DEALER

============================

　渡されたノートを上から順に見る。

　キング。

　クイーン。

　ジャック。

　ジョーカー……。

「あれ？　これってトランプの……」

「そーそー。キングはいわゆる総長を指すのね。ジャック

は警固、エースは特攻みたいな感じでそれぞれ役割があるっぽい」

　なるほど、やっとわかった。

　だから黒土くんがジョーカーって呼ばれてたんだね。

　そして、昨晩の光景とも綺麗に結びつく。

　──女の子４人組が「QUEENの空席」がどうのってハナシをしてたのは、どうやらこのことだったみたい。

　そして、からんできた人たちが「KING」と呼んでいたのもようやく納得がいった。

　──KING。

　助けてくれた彼が、その人物だとしたら。

　すごい人に助けられちゃったんだな……。

　思い返せば思い返すほど、記憶の中の怜悧くんと重なる。

　はっきり顔が見えたわけじゃない。

　身長だって声だって小さい頃とは変わってるんだから、根拠もない。

　でも、静かに周りを圧倒するあの雰囲気を持つ人は、怜悧くんしか知らない……。

『──怜悧くん、？』

『……誰それ』

　本人が違うっていうなら、違う、のかな……。

　でもKINGって聞いたときしっくりきたの。

　怜悧くんは昔から輪の中心にいて、みんなの憧れで。

　赤帝に君臨するKING。

　その席が、すごく似合う男の子だと思うんだ。

「……ねえ。赤帝のKINGの名前って、なんていうの？」

　そう尋ねたときだった。

「転校生ちゃーん！　職員室で担任が呼んでたよ！　なんか、渡さなきゃいけない書類があるんだって～」

　教室の前の扉から声が飛んでくる。

　……いけない！

　そうだ、昼休みに転校後の手続きをする書類を取りにこいって言われてたんだった！

　怜悧くんのことしか頭になくて、すっかり忘れてた。

　ううう、やらかしてばっかりだあ　　。

「ごめんっ、私ちょっと行ってくる」

　ふたりに頭を下げて、全力ダッシュ。

「あ、転校生ちゃん！　言い忘れてたことが……」

「っ、はう、あとでまた教えて～。ごめんなさい！」

「いや、でもこれは大事な――」

　親切にしてくれてるのにごめんなさい、と心の中で謝りながら教室を飛び出した。

　廊下をぱたぱたと走る。

　もう、校舎広すぎるよ～。

　……と、そこでとんでもないことに気がついた。

　はた、と足を止める。

　私、……職員室の場所知らない。

　はああ、なんてこった……。

　今朝は別棟の事務室で、担任の先生と待ち合わせだったしなあ……。

えーと、ここは2階でしょ。

1年生の教室が1階で、3年生の教室が3階……と考えると、残るは4階のみ。

た、たぶん4階だよね……っ？

階段を探して、校舎の一角、ひと気のない場所に出る。

ふと顔を上げると、エレベーターの扉があって仰天した。

さすが私立高校……。

急ぎの用なので、使うことをお許しください……。

ピ、と三角のボタンを押すと、扉はすぐに、音もなく開き──。

完全な密室になったあとで、つんと鼻をついたのは錆びた鉄、のようなにおい。

廊下よりも少し寒い気がするのは、エレベーターの中にひとりきりだから……？

後ろの鏡越しに、不安な顔をした自分と目が合った──。

『4階です』

ぐっと強い重力を感じたのち、音声案内と同時に扉が開く。

その直後。

「っ、……え？」

息が止まりかけた、のは。

目の前に広がる景色が"真っ暗"だったから。

な、んで……？

今は昼休みで、ここは校舎の4階で、……あれ？

パニックに陥った先、トドメの一撃は、

「誰、お嬢さん」

　と、そのなにも見えない闇の中から、突然人の声が聞こ
えたことだった。

孤高の領域

　ばくばくと鼓動が速まる反面、扉の開いた先に、ちゃんと「人が存在している」という事実に安堵を覚えたりもした。

　だって。職員室に行きたくて乗ったエレベーターの行き先が真っ暗闇の空間で、おまけに誰もいない……だなんて、そっちのほうが怖いもん。

　じっと目を凝らす。

　うーん。

　人がいるのはわかるけど見えない……。

「こ、こんにちは。私、本田、月っていいます」

「ふうん。何年生？」

「ええと、2年です。今日A組に転校してきました」

「そう。てことはオレと同級生だね。赤帝高校へようこそ、お嬢さん」

　同級生なんだ……。

　相変わらず闇の中から聞こえるその声。話し方は淡々としてるけど、響きにはしっとりとした丁寧さがあった。

　じっと見つめていれば、目は少しずつ闇に慣れていく。

　私の、およそ2、3メートル先に、背の高い……男の人らしき輪郭が見えた。

「あの〜、ここ、なんで真っ暗なんですか？」

　思い切って聞いてみる。

「さあ、なんでだろ。改めて聞かれると、オレもわからない。初めからこうだったから」

「初めから？」

「たぶん、先代の趣味なんじゃない」

「センダイの趣味……」

　気になる。

　この真っ暗な空間の中身がどうしても気になる。

　どうなってるのなにがあるの……知りたすぎる。

「そっち側って、いったいなにがあるんですか？」

「特別なものは何もないよ。暗幕で覆われてるのも廊下だけだし」

「じゃあ、ええと……。こんなところで、なにしてるんですか……？」

「ちょっとした退屈しのぎ。……でもオレたちがなにをしてようが、お嬢さんには関係のないこと」

　オレ "たち"。

　その表現にもしかして、と思った矢先のことだった。

「さあ、もういいでしょ」

　相手が一歩、こちらに近づく気配がした。

「KINGがいないときでよかったね。早く自分の教室に戻りな」

「え、あ……」

「今ならまだ間に合う。黙っててあげるから早く行って。"制裁" 受けたくないでしょ？」

　――「もしかして」が「確信」に変わる瞬間。

　この人はRED KINGDOMの幹部で。

　この場所は、おそらく──。

　どくん、心臓が大きく跳ねた。

　そして、我に返った頭が、職員室に行く途中だったことを思い出させる。

　うわあ、どうしようどうしようっ。

　たぶんここは一般生徒が立ち入っちゃだめな場所で、今すぐ出ていかなきゃいけないけど、

　そもそも私は職員室に用があって、早く行かなきゃ怒られるかも。

　でも職員室の場所はまだ分かってなくて……。

　頭の中が焦りでごちゃごちゃになる。

「どうしたの。エレベーターの使い方がわからないなら教えてあげようか。それともなに、ぜひとも制裁を受けてみたいっていうドMちゃんなの？」

「う……ごめんなさい、アノ」

「うん？」

「……、……職員室ってドコですか……？」

　一時の沈黙で急に冷静になった。

　姿も見えない相手を前に、じわりと冷や汗がにじむ。

　ま、間違えた。これは間違えた。

　聞く相手を絶対間違えた。

　RED KINGDOMのことまだよくわかってないけど、思った以上に、軽々しく話しかけていい相手じゃなかったみたい。

　ハチの巣を突いた馬鹿者は私です……。
「ごめ、ごめんなさい。やっぱりいいです」
　勢いよく頭を下げて、それはそれは深く下げて、エレベーターに戻るとマッハのスピードで「閉」ボタンを連打。
　──カチカチカチカチカチカチ。
　一刻も早くこの場を去りたい。その一心は、
「ちょ、お嬢さんタンマ、」
　という、予想外の声に邪魔されてしまった。
「……！」
　エレベーターの扉に手をかけ、閉じるのを阻止する大きな手。
　そこで輝く、いかついデザインの指輪たち。
　さらりと流れる髪は、金というより白に近く……。
「案内してあげる。オレも入れて」
「っ、へ？」
「聞こえなかった？　職員室に案内してあげるって言ったの」
「き、聞こえました。でも、幹部の方ですよね？　お手をわずらわ……わずらわっ、せるわけにはと……」
「アハハ。噛むな噛むな、頑張れ」
　にこやかにそう言いながら、ピ、と『２階』のボタンを押した彼。
　闇の中で喋ってたときは、もっと冷たそうな人だと思ったのに……。
「ほんとにいいんですか？」

「うん。面白いもの見せてもらったから特別ね」

「面白いもの？」

「百面相、上手だね、お嬢さん」

「……はい？」

　百、面、相………？

「そっちはオレのこと見えてなかったみたいだけど、こっちからは、明るいエレベーターの中が丸見えだったんだよね」

「っ、え……？　え！」

「空間をめっちゃ睨んでたかと思えば、なんか急に安心した顔するし。『中にはなにがあるんですか』とか興味津々で聞いてきてアホか？と思ってたら、数秒後にはあまりに絶望的な目で職員室わからないって言い出すし」

　わ、わー……恥ずかしい。

　百面相してた自覚なかった。

　頭を抱えているうちに、エレベーターは停止する。

「はあ……勝手に縄張りに入った挙句、変顔までさらして、さらに案内までさせてすみませぬ……」

「うん。ほんと手のかかる子だね」

　すーっと扉が開いた。

　お先にどうぞ、と促されて前に出る。

「うちの職員室は学年ごとに設置されてるよ。２年生は２階の右端から、連絡通路を渡った先にある」

　口で丁寧に説明しながらも、最後までついてきてくれるらしい。

　ありがたい。

　REDの人って、なんだかんだみんな親切なんじゃ……。

　そう思いながら角を曲がったときだった。

　昼休みに人が行き交う廊下。私たちに気づいた人たちが途端にざわつき始めた。

　興奮と驚きが混ざった声、瞳……。

　まるで、幽霊でも見たかのような──。

「っ、嘘でしょ？　なんで、三好くんがクラス棟にいるのっ……？」

「２階に降りてくるのなんて初めてだよね!?　しかも、隣に女子、いるけど……」

「ね、ありえないよねっ？　だって三好くんが遊び相手に選ぶのは、ぜったい"他校の女"って決まってるのに──」

　次々に聞こえてくるのは、そんなセリフたち。

　２階に降りてくるのが初めて？

　同じ２年生なのに？

　しかも、もう２学期なのに？

　唖然として足を止めるも、彼は──どうやらミヨシくんというらしい彼は、なにも聞こえていないかのように悠然と歩き続ける。

　え、あの女の子たち騒いでるけど、この状態って大丈夫なの……？

「チャンるな、突っ立ってないで早く来なね」

「ちゃんるな……？　って私？」

　無言。肯定らしい。

またちょっとヘンな呼び方された…。

REDの幹部って、人をヘンなふうに呼ぶのが趣味なのかな……。

でも、1回名乗っただけなのに、黒土くんもミヨシくんも覚えてくれた……。

人の話を聞いてないようで聞いてる。

ふたりとも、無関心ながら記憶力がすごくいいのかも。

早く来いと言うのでしかたなく追いかけて、ミヨシくんの隣に並ぶ。

ちらり、盗み見た横顔に、エレベーターで見せてくれた笑顔は少しも残っていなかった。

「わ、本田さん!?」

職員室の扉に手をかけようとしたタイミングで、担任の先生とばったりで出くわした。

「もう〜なにしてたの。昼休みになったらすぐ来るように言いましたよね？　先生はお昼休みもやることがたくさんあるのに」

「すみません」と急いで謝ろうとすると。

「先生、」と私の背後に立っていたミヨシくんがスッと前に出てきて。

——直後、先生の目に恐怖の色が浮かんだのを私は見逃さなかった。

にこ、とミヨシくんが笑いかけたことで我に返ったのか、口元に引きつった笑みをつくりながら一歩退いた。

「この子はオレがムリに引き止めてたんですよ。責めない

であげてくださいね」

　先生は最後まで返事をすることはなく。

「じゃあまたね、チャンるな」

　ひらりと手を振ってミヨシくんが去って行ったあとも、しばらく無言で彼の背中を睨んでいるように見えた。

　この学校には、REDの幹部をよく思わない人もいるみたい――。

　教室に戻ると、

「転校生ちゃん！　どこ行ってたの～昼休みもう終わっちゃうよ！」

「お弁当とか持ってきた？」

　とさっきの男の子たちがやってきた。

「ううん。購買でなんか買おっかなって思ってたんだけど、あと10分くらいしかないし。食べなくても、まあいっかな～って」

「いやいや、絶対食っといたほうがいいって！　オレら購買案内するし！」

　確かに午後からも授業があることを考えれば、お腹もたないかも。

「やっぱりパンでも買ってこようかな」

「おー。そんじゃ行こ！」

「あ、私ひとりで大丈夫だよ。購買の場所ならわかるから」

　今朝、黒土くんと保健室に行ったときに、途中で購買通ったんだよね。

　その流れで、そういえばと思い出す。

「ねえ、黒土くんはまだ戻ってないの？」

「黒土くん？　まだ見てないよー。もともと教室に来ない
こと多いし、戻ってこない可能性もあるよ」

「え、そうなの？」

「今日のホームルームはたまたまいたみたいだけど、たい
ていは檻にいるか４階にいるか外にいるか……」

　わあ、教室に来ないって典型的な不良じゃん。

　それに「４階」ってやっぱり、RED KINGDOMのテリ
トリーってことだよね。

「あー！　そうそう！　さっき転校生ちゃんに言いかけて
たのコレよ。４階にはぜーったい近づいたらだめだよって」

「あ〜、えーっとそうなの……？　なんで？」

　なんとなく、ここでもまた知らないフリ。

「檻と校舎の４階は連絡通路で繋がってんだよ。その４階っ
てのは幹部以外が立ち入ると、殺されるってウワサ。闇に
包まれた学園のトップシークレットですわ〜」

「へ、へえ〜。怖いね、気をつけよーっと」

　制裁を受けるって聞いたけど、殺されるとか！

　なんて物騒な！

　ほんとに恐ろしい人たちの集まりなのかなあ……。

　でも、夜に黒帝高校の人たちから助けてくれた人は優し
かったし、ウワサを鵜呑みにするのもよくない。

　あれは……本当に怜悧くんじゃなかったのかな……？

「まー、REDの幹部はみんな異端と言えば異端なんだけど。

黒土くんに関しては手に負えないギャンブラーって、裏ではめっちゃ有名なんだよね」

「んえ〜〜ギャンブラーって」

　あの、賭け事をする人のことだよね。

　お金を賭けてゲームをするやつ。

「"黒土絢人"。日本のギャンブル界では知らない人いないらしいよ」

　最後にそんな情報を教えてもらって、お昼休みは残り5分弱に。

　お財布を持って購買へと駆ける。

　ほとんど売れてしまって、あんぱんばかりが残ったカゴの中。

　あんこ好きだし、食べれればなんでもいいと思って100円玉を渡したら、購買のおねーさんが「もう誰も来ないから」と言って、あんぱんをもう1つおまけしてくれた。

「わあい、ありがとうございます！」

　嬉しい気分で教室に戻りかけたとき、ふと、奥にある保健室の扉が目に入った。

　黒土くんまだ寝てるのかな？

　怜悧くんのことをよく知ってるような口ぶりだったし、話せるときに話しておきたい……。

　"怜悧くんは絶対無理"って言ってた理由もちゃんと知りたいよ。

　そっと扉を開けて、中に一歩入った。

　瞬間。

「誰?」

　すかさず低い声が飛んできて、びくり。

　肩が上がる。

　黒土くんの声だってわかるまで、数秒かかった。

「わ、私です……っ、転校してきた本田月」

　どきどきしながら、一歩ずつ声のするほうに近づく。

「なーんだ、るなこか」

　柔らかくなった声にほっと胸を撫で下ろした。

「なあんでまた来たの?　あ、わかった。教室で友達できなかったんでしょー」

　シャ……とベッドのカーテンが開く。

　相変わらず整った、だけどどこか陰のある顔。

　同時にのぞくのは、白くて綺麗な肉体美……。

「っ、服着てよ、もう乾いてるでしょ」

「んー……寝起きだから着るのだるい」

「今までずっと寝てたの?　よく眠れた?」

「おかげさまでね〜。起きたらちょうどるなこが来て、いい目覚めだったし。……そうだ。気分が良いからちょっと遊ぼうよ」

　ベッドに手を置いて、ここに座れば?　と誘ってくる。

「今はムリだよ。遊んでたら授業間に合わなくなる」

「るなこはマジメに5限目出るんだ」

「出ないわけにはいかないもん。転校初日からいろいろやらかしすぎて、これ以上はさすがに……」

　そう。

　全ては黒土くんにお水をぶっかけちゃったところから始まったんだよね。

「いろいろ？　おれが寝てる間に、またなんかやらかしたっていうの」

「それがね、私さっきエレベーターで４階に──……」

　言いかけた続きを慌てて呑み込んだ。

　──４階エリアはRED KINGDOMの縄張り。

　関係者以外の立ち入りは厳禁。足を踏み入れた者は制裁を加えられる。

　そのRED KINGDOMのメンバーは、他でもない、私の目の前にいる人じゃん……。

　さああっと血が下の方へ流れていく感覚。

「４階……が、どうしたの？」

「っま、間違えた、よんかいは、間違いです」

「へえ、そうなんだ。ところで顔真っ青だけどへーき？」

　どうしよう！　黒土くんの声がめちゃくちゃ冷ややかになった気がする！

　私をじっと見つめる。

　探るような瞳に殺されそう。

　……ぜんぜん平気じゃないよ。

　今すぐここから出たいよ。

　そのとき、キーンコーンと予鈴が鳴り響いた。

　それをいいことに、勢いよく回れ右をする。

「私、授業行ってくる……」

「逃げる気？」

「いや……そういうわけじゃ、」

「まーいいや。続きはまた明日。いっぱい話そうね、るなこ」

　突然伸びてきた手が私の肩を掴んだ。

　そうして下からのぞき込まれると、視線の逃げ場は完全になくなり。

「まさかとは思ったけど、やっぱりね」

　低い声に不敵な笑みを添えて、彼は、私の首筋にそっと顔を近づける。

「三好の香水の匂いだ」

　——部外者が無断で立ち入ることが、RED KINGDOMにおいてどれほどの意味をもつのか。

　はああ、制裁を受けることになっちゃうのかな……。

凍りの帝王

「るなこ、友達できないのに、男にはそこそこ人気みたいだね？」

　――次の日。

　いつ制裁を加えられるのかひやひやしたけど、見た感じ、黒土くんは普通だった。

「いや……転校生だからって気を遣ってくれてるだけだよ。黒髪マッシュの人と、茶髪のセンターパートの人には、感謝しかない……」

「うわ、名前くらい覚えてあげなよ」

「うう……」

「その調子じゃ、おれの下の名前もまだ知らないんでしょー？　どうせ」

　しかめっ面を向けられる。

　黒土くんの下の名前……？

「あ。それは知ってるよ、アヤトくんでしょ？」

「……、ウン」

　相手が頷いたタイミングで予鈴が鳴った。

　いっけない、まだ1限目の準備してなかった。

　事前にもらった時間割を確認して、急いでカバンから教科書を探した。

　一方、気乗りしない顔で隣に座った黒土くんは、ペンケースすら出さないままスマホを触り始める。

「黒土くん授業を聞く気ないよね」

「あるある。政経の先生はいつも遅れてくるから、いーん
だって」

「そうなの？」

「そーだよ。てか、るなこは政経なんかより女の友達作る
方法考えたほうがいいんじゃない。この学校の女の世界は
怖え〜のでね。味方を早めに見つけときな」

　スマホの画面を見つめたままそんなことを言う。

　なんか……意味深？

「怖いって……そんなに？」

「すぐにわかるよ」

　──黒土くんには予知能力があるのかもしれない。

「本田さんは転校生だから知らないと思うけど。REDの幹
部には軽々しく近づいちゃいけないんだよ？」

「うちらは遠目から見るだけで我慢してんのに、なに慣れ
慣れしくしてんの？」

　休み時間に廊下を歩いていたら、女の子たちに突然肩を
掴まれて、ひと気のない階段の踊り場までつれてこられた。

　ここでなんとなく悟る。

　転校してから、女の子たちがほどんどしゃべりかけてく
れなかったのは、こういうことだったんだと。

　女の子たちから向けられる視線が冷たく感じてたのも、
気のせいじゃなかった。

「席が隣の黒土くんと話すのは百歩譲ってまだわかるけど、

三好くんにまで近づくとか、マジでありえない」

「転校生だから、ちょっと親切にしてもらっただけなんでしょ？　まさか幹部と親しくなって、最終的にKINGからの指名もらおうとか思ってないよね？」

　——まさか。

　そんなこと考えたこともないし。

　そもそも、ミヨシくんと出会ったのだって偶然で……。

　経緯をいちいち聞いてくれるほど優しくない女の子たちは、ドン！と私の肩を押して壁側に追いやった。

「今度出しゃばったマネしたら、うちらより怖い子にシメられるからね～。自分の行動、もう一回見直しな？」

　鋭い睨みを利かせて、ぞろぞろと去って行く女の子たち。

　その後ろ姿を、呆然と見つめるしかなかった。

「ほら、ね。怖え～でしょ？」

「っ!?」

　とぼとぼ階段を上っていると、黒土くんがぬっと突然現れるからびっくりする。

「見てた、の」

「あれ以上ひどくなるようだったら、さすがに出て行くつもりだった。けど、さっきの状況じゃあ、おれがでしゃばったらまずい感じしたしねえ」

　もしかして、心配してあとを追ってきてくれてたのかな。

「QUEENの空席が続いてる今、特に蹴落とし合いがひどい」

「、え」

「QUEENの座を狙って、友達同士で醜い争いみたいなの
が最近絶えないし……。べつに知ったことじゃないけど、
ほっとくと大事になりかねないから、"おれたち"も慎重
になってる」

　おれたち……。

　ごくり、無意識に息を呑んでいた。

「どーせ、もうウワサで聞いてるものだと思って喋ってる
けど。そうだよね、るなこ？」

　なにをとは言わない。

　誤魔化す理由はないと思って、ゆっくり頷いた。

　すると、黒土くんは少しだけ笑って。

「さて問題です。どうしてRED KINGDOMにはQUEEN
──いわゆる姫、の席が存在するのでしょうか」

「どうしてって……ええと」

「QUEENはただのお飾りじゃない。そんな女なら初めか
ら必要ないから」

　口元の笑みは残したまま、口調だけが、心なしか厳しく
なっていく。

　これ……下手には答えられない質問だ、たぶん。

「KINGは絶対的な存在。そしてKINGが選んだ相手のこと
は命に代えてでも守る。……その共通の意志があってこそ、
おれたちは初めて組織として成立する」

　命に代えてでも……。

「これは大真面目なハナシ。おれたちはみんな、本当に命
を捧げる覚悟を持ってここにいる。KINGが選んだ相手の

ことは無条件で信じて、愛するんだよ」

「……うん」

「だけど、今のKINGは誰のことも選ばない」

「……選ばない?」

「そう。この意味わかる?　今のREDがどれだけ危うい状態にあるか。学校も風紀が乱れ始めてるし、そろそろ潮時だって幹部内でも話が出始めてる」

「…………」

「それでもきっと、あいつは誰も選ばない」

　そう言った黒土くんは、私に目を向けながらもどこか遠くを見ているみたいだった。

　やがて廊下の方から、バタバタと数人の足音が聞こえてきた。

「さてと。おれがいると、るなこがいじめられるみたいだから、今日のところはおとなしく檻に帰ってあげようじゃないか」

「いや、黒土くんは悪くないんだし、そのままいて大丈夫だよ」

「はあ?　さっきの女たちが言ってたこと忘れたの」

「うーん。みんな、よっぽどQUEENになりたいんだろうね……」

「この状況で達観できるのすごいね、るなこ。普通の女ならおれに泣いてすがってくると思うけど」

　もちろん怖かったよ。

　黒土くんがいなかったら泣いてたと思う。

　ただ、黒土くんの言う"あの人"のことが気になってしょうがないだけ。

　──絶対にQUEENを選ばないという、赤帝のKINGのことが。

　転校して以来、次から次へと。

　情報過多でパンクしそう。

　現実味がない。ふんわり、ぼんやり。なんだかずっと、長い夢を見ているみたい。

　始業のチャイムを聞きながら──早く怜悧くんに会いたいと思った。

　教室では、黒土くんは私にひと言も話しかけてこなかった。

　授業中はノートも教科書も広げずに頬杖をついて、それでもスマホを触るようなことは決してなく。

　ただ黒板をじっと見つめていた。

　先生の話を真剣に聞いているようにも見えるし、なにか別のことを考え込んでいるようにも見えた。

　黒土くんが次に口を開いたのは、終礼が終わって、みんながわいわい喋り始めたときだった。

　前を向いたまま、喧騒に紛れるように話しかけてくる。

「三好に会ったってことは、やっぱそーいうことだよね。るなこ」

　──それはなんの脈絡もなく放たれた。

　そ、う、い、う、こ、と。

　昨日の保健室での会話は、まだ終わっていなかった。

「あー…えーと」

　視線を泳がせる。

　どうやらRED KINGDOMの三好くんとやらは、４階でしか会うことのできない人物みたいだし……もう観念するしか。

「も、申し訳ありませんでした……。職員室の場所がわからなくて焦ってたら、なんか血迷っちゃってエレベーターで４階に行ってしまい……」

　すると、黒上くんはくすりと笑って。

「るなこって正直だよね。今朝も言ったけど、おれ正直者は大好きだよ。無理やり吐かせる手段とるのって、ほんと面倒だし」

「そ、う？　なら、よかったです……？」

　大好きって言ってくれたけど……。

　笑顔だけど……っ。

　まだ油断できない、これは！

　だって〝無理やり吐かせる手段〟って……。

「私が正直に言わなかったら、どうしてたの……？」

「おれの気が済むまでいたぶって遊んでたかな」

「いたぶる……って。具体的に、どこをどうやってどんなふうにするの？」

「興味持つとこおかしいよ、あんた」

「だって気になるから……。一歩間違えてたら自分が辿る運命だったんだし」

　さすがにこの世から退場させられる、なんてことはない
だろうけど、お説教で済むような、なまぬるいものだとも
思えない。

　黒土くんは冗談めかした話し方をするのに、言葉の端々
には得体の知れない、ぞくりと冷たいなにかが散りばめら
れてる。

　それは確かな威力を秘めていて、気づかないうちに心の
奥に恐怖を植え付けてくるんだ。

「んで？　るなこはどんなのを想像したの」

「うーんと、俗に言うゴウモン的な」

「拷問にもいっぱい種類があるけど。るなこはどれに興味
があるー？　ちなみにおれの得意分野は……──」

　得意分野、は……？

「おーっとあぶない。これ以上話すとルールに触れるね」

「え、いいとこだったのに？」

「いいとこだからこそ。おれたちは秘密主義なの、秘すれ
ば花と言うでしょう」

　ね？と不敵に笑う美しさは悪魔のごとく。

　瞬きすら忘れて見入った数秒間は永遠にも思え。

　その永遠から私を解き放ったのは……。

　──ジリリリリリリリリリ!!!!

　なんとも耳障りな、ひと昔前の目覚まし時計みたいな音
だった。

　えええ、なにっ？

　なにが起きたの？

　教室中に響き渡る、荒々しい非常音に、なんだなんだとクラスメイトたちが騒ぎ出す。

「黒土くん、なにこれ、なんの音？」

　すると、ひとりだけ冷静な彼は窓のほうに目を向けた。

「煙の匂いがするね」

「え、そうかな？」

「校舎からは少し離れてる。寮かな。たぶん、まだそんなに火は広がってない……。あ、電話だ」

　そう言うとスマホを持って、廊下のほうへ。

「火!?　え、え、火事なの……っ？」

　ていうか、黒土くんどこ行くの!?

　火事なら危ないよ！

　思わずあとを追いかけた。

『火災報知器が作動しました。現在、出火場所を確認しています。生徒のみなさんは落ち着いて、教室に待機をお願いします。繰り返します——』

　放送が流れ始めたものの、もう教室を出てしまった私たち。

「はあ？　なんでるなこまで来てんの」

「だ、だってぇ……黒土くんがひとりで出ていくから……危ないし、引き止めなきゃと」

　ジト目で見つめられる。

　戻れって言われるんだろうなと思ったけれど。

「引き止めても無駄でーす。おれはちょっと人に呼ばれたから行ってくる」

「こんなときに誰に呼び出されるの!? だめだよ! 教室で待機って言われたじゃん!」

「へーきだって」

「ええ……そんな緊急に会って話さなきゃいけないことなの?」

　答えてくれない。

「……。あ、やっぱるなこも来る?」

「っえ!?」

　にやり。なにか企んでそうな顔。

「いーよー。るなこ強情そうだし? それに……」

　……それに?

　──ジリリリリリリ!!と鳴りやまない警報音の中、

「京町怜悧に、会いたいんでしょ」と。

　黒土くんは確かにそう言った。

　怜悧くんに会いたい。

　そりゃあ……会いたいよ、そのために来たんだもん。

　でもなんで、ここでいきなり怜悧くんの名前が出てくるのかさっぱりわからない。

　それでも私は黒土くんについていくことにした。

　クラス棟をまっすぐ進んで、西の外階段に出る。

　カンカンカン……と駆け足で下っていく黒土くんを慌てて追いかけた。

「見ろよ、女子寮」

　煙の方向を見た直後、硬直する。

「っ！　女子寮が燃えてる……!!」

　しかも、煙が出てるところって……！　一階の角部屋。

「わた……わたしの、部屋っ!?」

　さあああ……っと血の気が引いていく。

　グラウンドのほうから、消防車のサイレンが聞こえてきた。

　どうしよう。火、消さなきゃ！

　考えるより先に、体が動いていた。

　階段を駆け下りようとする私の腕を、黒土くんが掴む。

「どこ行こうとしてんの」

「じょ、女子寮に……」

「様子見に行くって？　それこそ危ないし。馬鹿じゃないの」

　うう……でも、自分の部屋が燃えてるんだよ。

　このまま見てるだけなんて……。

　一泊分の荷物しか置いていなかったのは、不幸中の幸いかも。

　呆然と眺めていると、下のほうから、誰かが上ってくる気配がした。

「こら、そこの生徒！　今すぐ教室に戻りなさい!!」

　飛んできた怒号にびくうっと体が跳ねる。

　うわーん見つかっちゃった……。

　見ると、先生らしき人が肩で風を切りながら歩いてきていた。

　そして、その後ろにもうひとり、こちらに向かってくる

人物がいて、着てるのは私たちと同じ制服。

　隣で「おー、ビンゴ」と呟く声。

「るなこ、あれうちの理事長様」

「え、そうなの？　怒られる？」

「さあーどうだろ。……後ろにいる男の機嫌次第では、助かるかもね」

　後ろの男って……あの生徒のことだよね？

　先生に隠れて顔が見えないけど、理事長と一緒に見回りをしてるってことは……生徒会長とかなんだろうな。

　この位置からでも揺らめく圧倒的なオーラが感じられて、特別な人物であることを瞬時に理解した。

　あーあ。

　怒られるのかな。

　ついてないなあ、もうやだ……。

　うつむいてしまう。

「君たち」

　声をかけられて、怒鳴(どな)られるんだと覚悟する。

　だけど、何事もないまま2秒、3秒と経過して。

　結局、理事長が私たちに向けて言葉を発することはなく。

　代わりに「京町くん」と後ろに立つ生徒に声がかかる。

　──ドクリ。

　頭より先に体が反応した。

　きょうまち、くん？

　文字にして、頭の中でゆっくりなぞる。

　ばくんばくんと急激に速まる鼓動。

　いきなりのことで、体の器官がいろいろと追いつかない感じ。

　は……吐きそう。

「私は寮のほうを見に行ってくるよ。ボヤらしいが……、どうしたものか」

　ぶつぶつと言いながら理事長が立ち去る気配がする。

　でも、私の頭の中は怜悧くんでいっぱいで、他のことはちっとも入ってこない。

　聞き間違えでなければ、そこにいるのは怜悧くん、だ。

　顔を見たら、すぐにわかる自信がある。

　とりあえず……視線を上げないと。

　それから、なにか言わないとっ。

　なんて言おう！

　葛藤の中、一番に口を開いたのは黒土くんだった。

「火事ってまさか、あんたの部屋とは。転校早々、さすがにウケるんだが」

「笑い事じゃないよ……！」

　憎まれ口に答えた勢いで顔を上げると、目の前に立つ人と、ばっちり視線がからみ合った。

　　　　──────あ。

　瞬間、瞳に囚われる。

　懐かしい深い黒の瞳に、驚いた様子の私が映ってる。

　間違いない、怜悧くんだ。

　あ、会えた……。

　じわりと目の奥が熱くなって「怜悧くん」と名前を呼び

かける。

　……けれど。

「転校生ってお前？」

　そう言うと、彼は興味なさげに視線を逸らした。

「っ、え、っと……」

「一昨日着いたばかりで、荷物は部屋に運びこんでなかっ
たらしいな」

「あ、は、はい」

「他の空き部屋があるか確認してやる。教室で待ってろ」

　淡々と事務的に、それだけを告げて背中を向けようとす
るから。

　え……っ、これはどういう？

　覚えられてる？

　覚えられてない？

　怜悧くんなんだよね？

　無表情すぎてなにも伝わってこない。

　でも、なにか言わなきゃ。

　もう行っちゃう……。

「怜悧くん、おれを呼び出したくせに、なんの話もせず戻
んの？」

　あわあわしていると、黒土くんが引き止めた。

　やっぱりそうだ。怜悧くんだ。

「火事の原因が気になって呼び出しただけだ」

「原因、ねえ……。この女の部屋だろ？　タバコなんてや
るわけないし、ずっと空き部屋だったから漏電でもしたん

じゃないの？」

　心なしか緊迫した空気に包まれる。

　厳しい顔をした怜悧くんの視線——が、ふいにこちらに向いた。

「なあ転校生。火災報知器が鳴るまでは、絢人とずっと一緒にいたか？」

「へ？　ああ、はい。隣で授業受けてました……」

「……わかった」

　短く返事をして、今度こそ背を向けて階段を下りていく。

　少し間を置いて、黒土くんも怜悧くんのあと追う。

『全校生徒に連絡します。午後3時頃に発生した女子寮の火災は無事、鎮火しました。繰り返します——』

　どうやら燃えたのは私の部屋だけだったらしい。

　部屋の一部が燃えただけ、と校内放送が伝えていた。

　階段を下りきったところで、黒土くんが声をかけてきた。

「あんた、これからどうするつもり？」

「うう……まだ火事なんて実感がないけど、とりあえず教室に戻って対応を待つしかないよね？」

　自分の荷物は今日届く予定だった。他に空いた部屋があればどうにかなりそうだけど……。

　ううう、こんなことを考えてる間に、怜悧くんももう背を向けちゃってるし……！

　いろんなことが起こりすぎて、どうすればいいのかわからない。いっそ、今日は怜悧くんのことは諦めて、後日出直すしかないかな。

「黒土くんも、いったん教室に戻るよね？　……って、あれ？」

　顔を上げた先に姿がない。

　たった今までここにいたよね!?

　すると。

「るなこ」

　後ろから、小さく呼ぶ声が聞こえた。

「え？」

　振り向いたら目の前に、黒土くんの満面の笑みと水がいっぱいのバケツがあって。

　なに？　と思ったのもつかのま。

　──バシャ……っ。

　勢いよくなにかが飛んできて、とっさに目を閉じた。

「昨日の仕返し。ざまあみろ」

　そんな声を聞きながらうっすら目を開く。

　ぽた、ぽた、と髪先から雫が伝って落ちていくのをぼんやり見つめる。

　え……なに、冷たい……。

「怜悧くん、風呂貸してやんなよ」

　にやりと企んだような笑みがそこにあった。

　その視線をたどった先は……私の胸元。

「おれのおかげで、ちょっとは色気出たぜ」

　黒土くんが去ったあとで、初めて自分が水をかぶったことに気づいた。

迷いの通路

「ふぇ……くしゅん!!」

　風が吹いてくしゃみが炸裂すると、怜悧くんの視線は一時的にこちらに戻り。

　期待したのもつかの間、またすぐに逸らされてしまう。

「あの、待……っ、ぬぁっくしゅ!!」

　次々に肩に滴り落ちる水のせいで、とどまるところを知らないくしゃみ。

　なんとも可愛げのない声を出してしまった恥ずかしさで、今度は自分から怜悧くんに背を向けた。

　やーん最悪。

　おしとやかなくしゃみの仕方、誰か教えてほしい。

　今日はひとまず退散しようかな。

　もし鼻水垂れてたらもっと笑えないし。

　肩を落としながら階段へ戻ろうとしたときだった。

「おい転校生」

「っ!?」

　低い声に振り向いたらびっくり。

　真後ろに怜悧くんがいた。

「お前着替え持ってんの」

「え、きがえ？」

　あ、制服が濡れてるからか！

「あ、着替えはないけどへーきです……!　自然乾燥でい

けると思うし」

　って、返事をしたそばから、ぽたっと落ちてきた雫が肩
に当たって。

「ふぇ……うっ、」

　二の舞いは踏むまいと、出てこようとするものを必死に
呑み込む。

　耐えろ耐えろ耐えろ耐えろ。

　必死な私をよそに、怜悧くんは相変わらず冷めた顔で言
葉を続けた。

「これで教室戻る気か」

「へ……だって、ないのはどうしようもないので」

「そんな格好で歩いたら廊下で男に襲われるぞ」

「襲われる？　なんで？」

　直後。

　チ、と短い舌打ちが聞こえた。

「相変わらず世話の焼ける女」

　怜悧くんの視線をたどって、1秒、2秒──。

「……っ!!」

　言葉の意味を理解した。

　下・着・透・け・て・る!!

「わああああ!?」

　やーん今度こそムリ！

　黒土くんが言ってた「色気」ってこのこと!?

　土に埋まりたい……っ。

　あれっ。

　でも今、相変わらずって言われたような……。

　もしかして、私のこと覚えてくれてるの……？

　淡い期待が生まれるけど、この前助けてくれたときのことを言った可能性もある。

「すみません、お、お見苦しいものを、はああ……」

　はー、と面倒くさそうなため息が落とされる。

　早くも嫌われた…と、うなだれるやいなや。

「お前、４階の行き方わかるか」

　──それは唐突に。

「……はい？」

「上着とカードキーを貸してやる。４階に着いたら三好って男にこれを渡しな。話は俺からつけておく」

　そうしてジャケットを私の肩にかけ、真っ赤なカードキーを握らせた彼を、……ぽかんと見上げるしかなく。

「あの、だって４階って一般生徒は入っちゃだめで……あれ？　あ、怜悧く……京町くんは、いいのかなっ？」

　隙のない表情に、隙のない笑顔が浮かぶ。

「俺を誰だと思ってんの」

　そう静かに零して、去って行く。

　再会した怜悧くんは氷みたいに冷静だった。

　人目がないことを確認して２度目のエレベーターに乗り込むと、静かな空間に弾んだ息が響いた。

　ほんとに行っちゃっていいのかなあ、４階。

　結局、怜悧くんが私に気づいてるのかもわからなかった。

　オーラに気圧されて聞ける状態じゃなかったし……。

　不安も疑問も山ほどあるけど、これだけは事実。

「やっと会えた〜」

　貸してくれたジャケットに身を包んで、幸せを噛みしめる。

　甘いけど決して甘すぎない上品なムスクの香り。

　抱きしめられてるみたいだなあ、なんて。

　貸してくれたってことは返すってことだから、少なくともあと1回は会うチャンスがあるってことだ。

　口元が緩んだところで、エレベーターが静かに停止した。

　4階は真っ暗闇。

　今回は扉が開く前にスマホのライトをつけて準備万端。

　問題は、どうやって三好くんに会うか……。

　どうしようと思いながら一歩踏み出したときだった。

「チャンるな、一昨日ぶり」

「ひえ！」

　闇からぬっと現れたのはご本人。

　私のスマホライトがぼんやりとその輪郭を照らすから、皮肉なことに見事なホラー演出になってしまった。

「はは、ライトつけてきたんだ。賢い賢い」

「っあ、眩しいよね。消します」

「いいよ、足元危ないから照らしておきな。部屋はオレが案内する」

　三好くんは微笑むと、私を廊下へ促した。

　すたすたすた。

　廊下に響くのは私の足音だけ。

　三好くんは確かにななめ前を歩いてるのに、なんかヘンな感じ。

　足音が聞こえないだけじゃなくて、息づかいとか、体温とか、そういうのもぜんぜん感じられなくて……。

　やっぱり幽霊なんじゃないの？って。

　不安になって背中を見つめていると、品のいい香りが鼻腔（びこう）をくすぐった。

　深い甘みを感じるのに、不思議としつこさはない。

　控えめな華やかさ、って感じ。

　これが、黒土くんが言ってた"三好の香水の匂い"。

「三好くんの香水ってジャスミン……？」

「おお、よくわかったね」

　にこりと笑う気配がした。

　スマホのライトを少しずつ上に移動させてみる。

　香水つけてるってことは生身の人間だよね。

　でも、どことなく儚（はかな）い感じがするというか。繊細な線で描かれた絵みたいに、見えちゃう。

　それはそうと……。

「私なんかが入って、ほんとに大丈夫なのかな……」

「オレは許可が下りたから通しただけ。門番にはその権利しかないから答えられない」

「門番……なの？　三好くんは」

「JACKは昔からそうなのさ」

　ジャック……JACK。

　幹部の「参ノ席」とやらだ。

「その門番として聞きたいんだけど」

　ふと三好くんが歩調を緩めた。

「4階に入るために、どんな奥の手使った？」

「……え」

　声のトーンはそのままなのに、どうしてか責められた気分になる。

　三好くんは「奥の手」って言い方をしたけど、つまりは、どんな姑息な手段でここまでやって来たのか？ってことでしょ。

　ニュアンス的にね。

　中に通してくれたのは、三好くんの意思じゃない。

　部外者の女がここにいること。

　間違っても歓迎はされてない。

「京町が女の子を入れるなんて、普段なら絶対ありえないからね」

　かなり……警戒されてる。

「絶っ対に、ありえないんですか」

「そう。でもチャンるなっていう例外が今現れたでしょ。そこで考えられるのは2つ」

　闇に慣れてきた目が、2本の指の輪郭を捉える。

　ごくりと息を呑んで続きを待つ。

「チャンるなのスパイ説と、京町の実験説」

「!?　スパイ、」

　予想外の回答に素っ頓狂な声がでた。

「断じてそんなことないんですけど、どうやったら疑いが晴れますか……」

「今すぐその着ぐるみ剥いで、オレの気の済むまでナカを確かめさせてくれるなら」

「きぐるみをはぐ……？　えっとー、つまり、」

「冗談だよ。チャンるな、ほんとうに脱ぎそうで怖いね」

　くすりと笑う気配。

　よかった……。

　疑われてると思うと、冗談に聞こえないんだよお。

「えっじゃあ、もう１つの実験説？って…？」

「、……」

　廊下が静けさを取り戻す。

　返事がくるまでがやけに長く感じた。

「QUEENの空席を埋めるための第一歩ってところかな」

「……、はあ」

「無知な転校生は害がないから、試し置きにちょうどいい。京町が考えそうなことだね」

　試し置き……。

　怜悧くんが優しくしてくれたのは、私のことを覚えてるからなんじゃないかと、どこかで期待してたけど、そうじゃなくて。

　ただ単純に、都合がよかったから……。

　言葉の意味がすべて理解できたわけじゃないけど、なぜかストンと腑に落ちた。

　納得したからこそ、ショックが大きい。

　覚えられていないのは想定内でも、利用するための優しさだったんだと思うと……。

　だめ、泣いちゃだめ。

「チャンるな、あと３歩先に段差あるから気をつけて」

「っあ、うんありがとう」

　ライトで足元を照らして、高くなった床にぴょんと飛び乗った。

「ねえ。もうずいぶん歩いた気がするけど、私たちどこに向かってるの？」

　直後、立ち止まった三好くんの背中に激突してしまう。

「わ！　ごめんねっ」

「……。初めて見たときからずいぶん呑気な子だとは思ってたけど。まさか、わかってないの？」

「ええ、だって４階に着いたら三好くんにこのカードを渡せって言われただけなので」

　って、そういえば。怜悧くんに握らされた真っ赤なカード、まだ渡してなかった！

「ごめんなさい、忘れてた。このカードを三好くんに渡さなきゃいけないんだった」

　差し出すと「ああ、それね」と言いつつ、受け取ろうとはしない三好くん。

「チャンるなが持ってればいいよ」

「なんで？」

「それ京町のルームキーだから」

「……っ！　怜悧くんの、部屋!?」

　実験台とはいえ、いきなりハードな展開きた。

　試し置きなんて私に務まる気がしないけど……。

「この通路抜けたら、もうオレたちの寮だよ」

　段差の先、通路を進みながら三好くんの言葉を反芻する。

　──"オレたち"。

　うすうす、そうだろうとは思ってたけど。

　まさかと思って、それ以外の可能性を考えてもみたけど、やっぱり。

「京町怜悧って人も、REDの幹部なの？」

　私と知り合いだって思われたら、怜悧くんに迷惑がかかるかなと思って、まったく無知なフリをする。

　相変わらず私の足音だけが響き続ける。

　やがていかつい扉に突き当たって、それが開くと痛いくらいの眩しい光が目を刺した。

　結局、連絡通路を渡り切っても三好くんは質問に答えてくれず。

　その代わり、

「チャンるなが、３日もてばいいほう」

　と、よくわからないことを口にした。

　　＊

　"京町怜悧"くんと私は──記憶が正しければ、幼なじみと言っていい仲だと思う。

　お互いの家が徒歩30秒のところにある超ご近所さんで、

同じ幼稚園、同じ小学校。

　きっかけなんて覚えてない。

　登校班も同じだったから必然的に交流があった。

　近くに同級生の女の子が住んでなかったこともあって、遊ぶときはいつも怜悧くんと一緒だった。

　サッカーやポケモンのカードゲームに交ぜてもらったり秘密基地づくりの仲間に入れてもらったり。

　みんなとバイバイしたあとにふたりで駄菓子屋に寄り道したこともあるし、雨の日、同じ傘に入って帰ったことだってある。

　そして幼少期の怜悧くんが、どんな男の子だったかといえば……。

　たとえば、私がクラスの男の子にいやなことを言われてメソメソしてた日。

『うるさい』

『泣くな』

『マジで相手してらんねー、先帰ってろ』

　と、まあ、こんな感じで。

　でも、でもね！

　じつは、そのあと、私に意地悪を言った男の子たちをメタメタにしに行ったのを知ってるんだ。

　クラスの男の子がコッソリ教えてくれた。

　怜悧くんはなーんにも言わなかったけど、そういうところが、ほんと～に大好きだったんだよね。

　クールなのにおとなしいってわけじゃない。

　みんなの輪の中心には、いつも怜悧くんがいた。

　──と、こんなふうに仲良くできていたのも小学校３、４年生くらいまでのハナシ。

　だんだんと性別の隔たりができて、男の子は男の子、女の子は女の子で遊ぶようになる時期は、私たちにも例外なく訪れるわけで。

　なんとなく怜悧くんとも距離を置くようになった。

　怜悧くんへの恋心を自覚したのはその頃だったはず。

　なかなか会えないのが寂しくて、でも、そのぶん、たまたま目が合うだけで嬉しくて嬉しくて。

　今日は何回目が合った！っていうのを数えては、一喜一憂。

　偶然、登下校が同じになってふたりきりになれた日なんか、心臓爆発しちゃうんじゃないかって本気で思ったくらいドキドキしていた。

　──『俺、帝区の高校に行こうと思ってんだよね』

　それを聞いたのも、帰り道でたまたま一緒になった小学５年生の夏だったと思う。

『帝区って……県外だよね？　怜悧くんに会えなくなるの？』

『まだ先の話。中学はそんまま地元の公立行くし』

『そうなんだ……。でも、高校になったら離れちゃうってことでしょ。そんなの寂しい……』

『はあ？　じゃあお前も同じ高校来れば』

『えっ。いいの？』

『勝手にどーぞ』

『そんなこと言われたらほんとに行くよ？』

『ああ。勉強頑張りな』

　このやり取りだけは鮮明に覚えてる。

　ただ——ここから現在までの期間に、大きな誤算となる出来事が重なり……。

　ようやく高2の2学期という中途半端な時期での再会に至る——。

「う、上着、ありがとう、ございました」

　三好くんに案内された部屋で、再び怜悧くん本人を目の前にした私は、見事なほどガチガチに固まっていた。

　高級ホテルばりのインテリアにびっくりしてる余裕もない。

　部屋で怜悧くんとふたりきりになったことで、ようやくこの再会が現実味を帯びてきた。

　——小学5年生の冬。予期していなかった親の転勤によって、『高校で怜悧くんと離れるのが寂しい』と言った私のほうから離れることなった。

　空白の中学時代を経て、帝区の高校を探そうとしたところ、帝区には2つの高校が存在することを知る。

　ひとつはここ。私立赤帝高等学校。

　もう1つは街の反対側に建つ、市立黒帝高等学校。

　考えに考えた結果、赤帝高校を選んだのは、小学校時代サッカー部だった、怜悧くんのスパイクの色が赤だったこ

とと。

　赤帝高校のほうが、偏差値が高かったこと。

　昔から頭のよかった怜悧くんなら、きっとこっちを選ぶだろうと……。

　あとはもう勘だった。

　最悪、黒帝高校だったとしても、同じ帝区内だから、頑張れば会えるだろうと、とにかく帝区に行くことしか頭になかったんだ。

　ところが当時15歳の私が『ひとり暮らしをして帝区の高校に通いたい』と両親に相談したところ、治安が悪いからと、猛反対されてしまう。

　それでも毎日毎日食い下がっていたら、ついに父親から受験票を破り捨てられる事態に。

　結局地元の公立高校に通うことになった私は、生きるシカバネと化し。

　見かねた両親から、全寮制であれば街は物騒でも少しは安心かもしれないというころで、ようやく転校の許可がおりて──。

　今ここ！！

　夢じゃない！

　生身の怜悧くんが私の前に立っている！

「風呂場貸してやる。体あっためてこい」

　投げ渡されたタオルを見て、自分がビショビショだったことを思い出した。

「どうも、ありがとうございます」

　もう、いい。

　会えたからいい。

　親切にしてくれるのが、QUEENの実験台だからだとし
ても。

「そういえばお前、名前は？」

「あ、……ええと……」

　たとえ、

「……、……本田、です」

「へえ」

　———思い出してくれなくても。

背徳と果実

　広い室内で自分の心臓の音だけがバクバクと響く。

　返事を待つ時間が永遠にも思える。

　下の名前を告げる勇気はまだなかった。

　どうせ覚えられてないことを頭では覚悟できてるのに、実際に本人の反応を見るのは怖い。

　へえ、と一言だけ。

　本田っていう苗字にピンときた様子もなさそう。

「早く入ってこい」

「あ、お、お借りします……」

　まあ本田って珍しくもないし、5年も経てば顔だって変わるし。

「あ。そういえば寮ってもう大丈夫なんですか」

　怜悧くんに気を取られすぎて、あの一大事をすっかり忘れていた。

　そうだよ一大事。

　私の部屋燃えたじゃん！

「部屋の一部が燃えただけだから、他の部屋は普通に使えてるらしいな。ボヤで済んだって、三好から連絡があった」

「おお、それは、よかったです……」

　学校のみんなに被害が及ばなかったという点は、本当によかった。

　でも、ピンポイントで自分の部屋だけ燃えたなんて、あ

まりに運が悪くない……？

「まだ原因がわかってないんだ。安心するのは早い」

「原因……」

「あの部屋は長いこと使われてなかった。漏電が起きたと考えても不思議じゃない……が」

　そう言って黙り込んだまま、ソファに長い脚を投げ出した怜悧くん。

「それより、冷え切る前に早く入れ」

　無関心な目を向けたまま、お風呂に入れと。

　表情からは、優しさなんて微塵も感じられないのに。

　相手の感情をどう解釈していいかわからず、じっと見つめる。

　怜悧くんてやっぱり、REDの、幹部なんだよね……？

「あの、」

「まだなんかあるのか」

「ええと……京町くんはREDの、いわゆる——うっ、っくしゅん!!」

　また不意打ちで出てきちゃうくしゃみ。

　いよいよ呪われてるのかも。

　ため息をついた怜悧くんがゆっくり立ち上がる。

「だから早くシャワー浴びろって言ったんだ。渋るなら俺が無理やり連れて行く」

　そう言うと、私の肩を静かに抱いた。

　布越しだというのに、触れられた部分がおかしなくらい熱くなる。

　ぐらり、と眩暈《めまい》がする。

　今までなんの話をしていたのか、なにを尋ねようとしていたのか。ぜんぶが一瞬にしてわからなくなった。

　肩から伝わった熱はあっという間に全身に到達して、ほっぺたからは、ちりちりって音まで聞こえてきちゃいそう。

「自分で行くか？　それとも俺が一緒じゃなきゃ行けねーか？」

「……っ」

　熱は私から言葉を奪って思考回路さえ寸断させる。

　私が返事をしないからか、抱いた肩をさらに引き寄せて、じっと見つめてくる怜悧くん。

「固まってちゃわかんねぇよ」

「はぁ、う」

「どうされたいんだ、お前は」

「…………」

「……おい」

「いっ……一緒にいたい、です」

　──はっと我に返るまで10秒くらいかかった。

　馬鹿みたいだけど、ずっと好きだったから……。

　今は好きってことしか考えられなくて、聞かれたことに対して、まるでトンチンカンなことを言った。

　どうしよ、なにかいい感じの言い訳……。

　でも、焦る私をよそに、怜悧くんはお風呂場へと足を進める。

あれっ？

聞こえてないわけはないんだけど。

冗談だと思われたのか。

はたまた、ドンがつくほど引かれたのか。

後者だったらつらすぎる。

「お前の荷物は管理人室で預かってるって」

　淡々と事務的に会話を続ける怜悧くんに、私もただ機械みたいに頷く。

「取りに行くのは明日にしな」

「へ……なんですか？」

「今日はもう戻らないほうがいい。幹部のJOKERと転校生が２人で抜け出したって、下で騒ぎになってる」

　そう告げると、ぱっと手を離した怜悧くん。

　それでも無言の圧でお風呂場まで押しやられ、とうとう逃げ場を失った。

「濡れたやつ全部そこの洗濯機入れとけ。乾燥もできるから、朝には着れるようになってるだろ」

「は、はい、ありがとうございます」

「あがったら俺のトレーナーに着替えればいい。あとで持ってきてやる。ゆっくり入ってろ」

「えっ、トレーナーを……え！」

　怜悧くんのトレーナーを？

　借りる……？

　脳のキャパは、とうに限界を超えている。

　怜悧くんが扉を閉めて出て行ったあとも、しばらくその

場に放心していた。

　えーと……そういえば。

　トレーナーを持った怜悧くんが、またやってくるんだよね……。

　それがうっかり脱いでいるタイミングだったら。

　──っ！　こんなぼーっとしてる暇ないじゃん！

　早く中に入らなきゃ!!

　今度は目にも止まらぬ速さで制服に手をかける。

　こんな早脱ぎしたことないってくらい。

　ものの３秒ほどで、なにひとつ身に纏わない状態になった私。

　仕切りがあるとはいえ、怜悧くんが近くにいるのに、は、はだかなんて……。

　なんとも落ちつかない状態で、いざ浴室へ。

　シャワーを出してお湯加減を確かめる。

　ふあ……あったかい。

　調節しなくても最初からちょうどいい温度で出てくるあたり、かなり高性能とみた。

　洗濯機の回る音をぼんやり聞きながらシャワーを浴びて、今日あったことを一から思い返す。

　……怜悧くんに会えてしまった。

　実験台とはいえ、同じ部屋にふたりきり。

　ここだけ切り取れば、まさに夢みたいな状況だ……。

　──コンコンコン。

　ノックの音にびくりと反応する。

「トレーナーとタオル、棚の上」

　怜悧くんの声が壁越しに伝わってどきどきする。

　この無防備なかっこうで、すぐ近くに立ってるなんて。

「あ、ありがとう…っ」

　ちょっと上ずった声がでた。

　──さて、さて落ち着いて。

　もういっかい、状況を整理しよう。

　水をかけられて今ここにいるわけだけど。

　親切にシャワーと、着替えのトレーナーまで用意しても
らってるわけだけど。

　今、ふいに。

　あるひとつの不安が浮かび上がってきた。

　うぉんうぉんうぉんと動く洗濯機の音──。

　私の制服、下着もろともあの中で回っている。

　下着もろとも……。

　そう。下着も、回っている。

　怜悧くんが用意してくれたのは、トレーナーの……上
下？　かな？

　それはとてもありがたいことだけれど、私はなにかを忘
れている。

　いや、もう本当は気づいてるのっ。

　やっちゃったことに気づいてる。

　シャワーで温まったはずの体が、さーっと冷えていく感
覚がした。

　浴室を出たあとに着る、下着が──────がない。

　放心することおよそ5分。

　きゅ、とお湯を止めて打開策を考える。

　どう頑張ったところで、下着がないって現実は変わらないから、どうにかやりすごす他なくて。

　ブラとキャミは、まあなんとかって感じだけど

　ショーツがないのは……さすがに無理では？

　浴室を出ると、棚の上に紺色のトレーナーが1枚、バスタオルが1枚置いてあるのが目に入った。

　バスタオルで体を拭きながら、もう一度トレーナーを見る。今度は凝視。

　どう見ても1枚、だね。

　えっと——下にはくものは……？

　もうオワッタと思いながらひとまずトレーナーに腕を通して、その3秒後、ほっと安心する。

　よかった、太ももも辺りまで隠れた……っ。

　そうだ、怜悧くん身長高かったもんね！

　トレーナー1枚で、制服のスカート丈くらいあるよ。

　ぶかっとしてるし、生地も分厚いし、体のラインが出る心配もない。

　よしよし、これなら下着がなくても、なんとかやりすごせそう……！

　——と思ったのが、3分前のハナシ。

「あまりに遅いんで倒れてんのかと思った」

　お祭りの太鼓かってくらいうるさい心臓を押さえながら部屋に戻ると、怜悧くんはくたびれた様子で視線だけをこ

ちらに寄こした。

「お風呂を長く借りてすみません。シャワーありがとうございました。あっ、あと、トレーナーもっ」

　ああ、と短い返事。

　それで終わりかと思えば。

「本田サン、もうちょっとこっちに来な。話がある」

「っえ」

　俺の隣に座れと、視線で誘導してくる。

　好きな人に来いと言われたら、魔法にかかったみたいに自然と足が動くのだけど。

　いざ隣に座ると、今度は呪いにかかったみたいに緊張でがちがちに固まってしまった。

　なんの話だろうってことよりも、今は下着をつけてないってことのほうが頭を支配してるから。

「あのっ、お話の前に、やっぱり管理人室に荷物を取りに行ってもいいですか」

　外はいつのまにか日が落ちてるし、目立つこともない。

　寮の中ではみんな私服だろうし、この格好で管理人室に行ってもヘンには思われないでしょ……ぎりぎり。

「べつに明日でいいだろ」

「だ、だめなんです」

「なんで」

「と、とにかくだめで……。ああ、えっと、どうしても、今！いるものがありまして」

　このままノー下着姿で怜悧くんのそばにいるなんて、心

臓いくつあっても足りない。

　恋のドキドキより、ヒヤヒヤのほうがはるかに勝っちゃう。

「今いるものってなんだ」

　なぜか、ふいに。

　伸びてきた怜悧くんの指先が、私の髪にそっと触れた。

　───え？

「こんな格好でうろついて、もし黒帝に狙われたらどうするんだよ。これ以上心配させるな」

　ドクンと大きく跳ねる。

　なんでも見透かしそうな黒い瞳にじっと見つめられて、わけもわからず涙がにじむ。

「い、言えないけど、必要なもので」

「言えないようなモノなのか」

「うっ……ハイ」

「そんなにやばいモノなら、なおさら教えてもらわなきゃ困るな。行かせてやるから言えよ。それとも無理やり吐かせてやろーか」

　髪をもてあそんでいた手が、すっと下りてきた。

　肩の輪郭をなぞられて、びくり。

「ひ、あ……」

　やばいだめだ、ばれちゃう、このままじっとしてたらばれちゃう……っ。

「さ、触んないでっ…!!」

　とっさの判断は正か否か。

　気づいたら思いっきり怜悧くんを突き飛ばしてた。

　——もちろんその程度で倒れちゃうような弱い相手じゃ
ないけれども。

「ごっ、ごめんなさい」

　焦りで景色がぐるぐるしてくる。

「……ずいぶん凶暴だな」

　背もたれに寄りかかって、私を見据える黒い瞳。

　凶！　暴！

　一瞬で打ちのめされる。

　す、好きな人に早くも嫌われた……っ。

　今までの出来事が走馬灯みたい頭の中を駆けめぐる。

　転校初日、人に水をぶちまけちゃうし、先生に怒られる
し。

　私の部屋だけ燃えるし、女の子の友達もできないし、そ
れどころか呼び出されて。

　やっと再会できた怜悧くんには、たぶん覚えられてなく
て。

　挙句、こんな……。

『怜悧〜るなちゃん転校するってマジ？』

『はあ？　なんだそれ。知らねーよ』

『さっきせんせーたちが話してんの盗み聞きした！　マジ
だったらつらくね？　お前るなちゃんと仲いいじゃん！』

『……いや、べつに 。……むしろ、せいせいする』

　ふと、蘇ったのは小学５年生の終わりの記憶。

　——そうだ！

　クラスメイトと怜悧くんの会話を盗み聞きしていた私は、目の前が、真っ暗になって……。

　──あ。

　思い出したくなくて無理やり忘れてたことを、今思い出した。

　待ってるとか、都合のいいセリフだけを鵜呑みにして、追いかけて転校する……とか。

　なんて馬鹿なことをしたんだろう。

　私は最初から──怜悧くんに相手にされてなかった、のに。

　小学校以来、一度も会っていないうえに、好きでもない女子が転校してまで自分のことを追いかけてきたと知ったら……。嫌われるに決まってる……。

　なにかの糸が切れた。

　目頭が熱くなるとか、なんの予兆もなしに。

　ぽたり、落っこちたのは涙。

「……おい、今度はなんだ」

　凶暴なうえに、すぐ泣く面倒くさいオンナ。

　もうすでにだめ。

「なんで泣いてんだって聞いてる」

　これでもかってくらい冷静な声が、繰り返し尋ねてくる。

「転校初日で、ずっと気を張ってたから……えーと、気が緩んだのかも知れないです、あはは」

　そうだ、そーいうことにしとこう。

　悲しんでるのを悟られちゃだめ。

　再会をあんなに夢見てたのに、今はもう、怜悧くんに私が幼なじみの本田月ってばれるのが怖いよ。

「気が緩むタイミングおかしいだろ」

「うん……たし、かに」

　直後。

　わずかに笑う気配がして、反射的に顔を上げるけれど。

　——気のせいだったみたい。

　固く結ばれた唇をぼんやり見つめていれば、怜悧くんは背もたれから少しだけ体を起こした。

　おもむろに伸びてきた左手が、私の肩に触れるか触れないかのラインで……ピタリと止まる。

　う、ん？

　硬直する体、激しく鳴り響く鼓動。

　息をすることさえ躊躇われる静けさの中、怜悧くんがさらに距離を詰めたことでソファが沈む。

　はっきり縁取られた二重の目、スッと通った鼻筋、なめらかそうな肌、薄い唇。

　間近で見た17歳の怜悧くんは、どこを切り取っても、現実味がないくらい綺麗だった。

「れ……、きょう、まちくん？」

　今にも肩を抱かれそうで、だけど一向に抱かれない、このなんともももどかしい体勢。

　うるさい心音を誤魔化すように名前を呼んでみると。

「なぐさめてやろうと思ったけど、やっぱやめた」

　次の瞬間、ぱっと手を離されるから、思わず。

「っえ、なんで？　ですか」

「だって、お前どうせ俺のこと突き飛ばすだろ」

「っ、突き飛ばさないよ……！　さっきは動揺してて、ついうっかり！　だから……──」

　そこで、しまったと口をつぐむ。

　なぐさめてほしいなんて、欲を出してどうするの、ここで！

「女の扱いは三好が一番うまい」

　そう言いながらまた距離をとる怜悧くん。

　つまり、三好くんのところに行けと？

　これ以上しつこくしたら、さらに嫌われるって頭ではわかるのに。

「──、」

　怜悧くんのそでを引っ張ったのは。

　体が、勝手に動いたから。

　……私の、ばかたれ。

「なに」

「う……」

「…………」

　怜悧くんがいい、なんて言えるわけもなく。

　でも、怜悧くんの意識が私だけに向いている今、なにか伝えないと一生後悔しそうだとも思って、頭はいっぱいいっぱい。

　けっきょく、言葉が出ない代わりに涙が湧き水のように溢れてくる始末。

「おまえな、」

　にじんだ視界の中、端正な顔が初めて歪む瞬間を見た。

　とっさに、あきれられるか怒られるかのどっちかだと思ってうつむく。

「男を煽ってるって自覚あんの」

　あまりに小さくて低い声は、聞き取れず。

　たぶん、嫌みを言われたんだろうと勝手に解釈する。

　だって今の私を客観的に見たら、いきなり泣き出すオカシイ女だもん。

「すぐ泣き止めって言っても無理か」

「うぐっ……ごめ、なさ」

　案の定、落ちてきたのはそんなセリフ。

　だけど、想像よりも柔らかい声。つられるように再び顔を上げれば。

「突き飛ばさないって約束しろよ」

「……？」

「俺は三好みたいに優しくはできねーからな」

　視界が暗くなる、1秒前。

　最後に見たのはワインレッド。

　──怜悧くんのネクタイの色、だった。

　ムスクの甘さが脳を刺激する。

　抱きしめられてる。

　怜悧くんの腕の中にいる！

　ぼっと火がついたみたいに体の内側に生じた熱は、あっという間に全身を支配した。

　倒れちゃいそうだし、倒れる前に溶けちゃいそう。

　ふと力が緩められたかと思えば、背中を縦方向に、つーっとなぞられるから。

「ひぁ……っ？」

「トレーナー1枚だけ……」

「え、なんて……？」

「中、なんも着てねーの？」

　そう言いながら、今度はじっくり、確かめるように指先が動く。

「ふあぁぁ、」

　気の抜けた声が出たと同時、怜悧くんがなにを確かめたのか、ようやくわかった。

　せ、背中に……！

　ブラのとっかかりがない、から……！

「やぁ…っ」

　約束したそばから突き飛ばしそうになる。

　バレちゃった……!!

　悲しみの涙は引っ込んで、次ににじむのは——なんだっけアレ。生理的な、涙……？

　恥ずかしいのと好きなのが合わさって、じわりじわりとにじむ。

「トレーナーの裾、うっかりめくれたら危ねえな？」

　顔は見えないのに、どうしてか相手が笑ってるのがわかった。

　「うっかり」と言ったくせに背中を2回なぞった手は、

そこでとどまらず──。

「きょ、町、くん……し、下はっ」

　それ以上……下にいったら……っ。

　また視界がぐるぐるしてくる。ワインレッドに焦点が合ったりぼやけたり。

　ゆっくり下りてきた熱が太ももに触れて、体がびくん！と跳ねる。

「う……うぅ、そんなところ、触られたらっ」

「うん？」

　甘い感覚が広がって、思わずぎゅってしそうになる。

　だけど、ショーツまではいてないことがバレたら大問題。

　なんとかして、怜悧くんの意識を太ももからそらさなきゃ……。

　でも、離れたくは……ないよ。

「あ、あの……そこじゃなくて、こっち……」

　私の顔を見てって伝えるつもりで、裾を引っぱる。

　見上げると、至近距離で視線がぶつかって、息の仕方を一瞬忘れた。

「──、」

　黒い瞳の中に私が映る。

　ばくんばくん。

　うるさい心臓。

　瞳の中にすうっと吸い込まれて、それもすぐに聞こえなくなる。

　視界がぼやけて、目の前にふっと影が落ちた──。

瞬間。

──ヴーッ、ヴーッ……。

とつぜん鳴り響いたバイブ音が、現実に引き戻す。

反応しているのは怜悧くんのスマホ。

だけど、一瞬画面を見ただけで、出ようとしない怜悧くんは、スマホをそのままソファに投げやった。

「え……？　出なくていいの？」

「いーよ、まだ離れたくない」

「っ、？」

な、なにそれどういう意味──。

動揺する隙もなかった。

見つめられたらもう、黒い瞳の中にすうっと吸い込まれて。

「……ん、」

優しく押し当てられた唇──。

……え？

頭は真っ白。

でも、すぐに落ちてきた2度めの熱は、甘い感覚だけを伝えてくるから……。

「っ、……ぁ」

余計なことは考えられなくなる。

キス……甘い……。

背中に腕が回されたのがわかった。

もっと、くっつきたい……。

無意識に自分からも腕を回して、ぎゅっと抱き着く。

　なにやってるんだろうって、頭のどこかで考えながらも、体はいうことをきかない。

　好きな人を、本能のままに求めてしまう……。

「……っ、は、うぅ」

　息が苦しくて、溺れちゃう気がして、今度はすがるように、さっきより強く抱きしめたら、一瞬、怜悧くんの動きが止まった。

「お前、どういうつもり」

「……？」

　ぼうっとする頭で、見上げた、欠先。

　――ヴーッ、ヴーッ。

「！」

　一度は鳴り止んだスマホがまた音を立てる。

　我に返った。

　わ、私、なに抱き着いて……！

　とっさに体を離すと、怜悧くんは、はあっとため息をついた。

「なに」

　電話に出ると不機嫌な声。

　相手、誰だろ……。

　目を逸らして、ぜんぜん気にしてませんよ風を装う。

　聞き耳だけはしっかり立てて。

　相手のセリフまでは聞き取れないけど、声の調子で男の人だってわかった。

「今から？　……来てもいいけど開けてやんねーよ。……

はあ、なんでって」

　ソファがわずかに揺れる。

　視線を向けられたのを感じた。

「お前だって邪魔されたらいやだろ」

　私を見ながらそう言うから、否応なくどきどきしてしまう。

　怜悧くんのセリフはあくまで通話相手に向けたものだって、頭ではわかるのに……。

　それから、2、3秒後のこと。

　──ドンドンドン！

「ぎゃっ!?」

　とつぜん聞こえた扉を叩く音に、体ごと反応する。

　そんな私を横目に見ながら、怜悧くんは小さく息をついて、やれやれと立ち上がった。

「そんないちいち怯えんな」

「や、だってぇ……夜にいきなり扉叩く音とか、ホラーすぎて」

「べつにへーきだろ。幽霊だろうがなんだろうが。お前は今ひとりじゃねぇんだから」

「ゆ、幽霊って」

　怖くなって、無意識にソファから腰を上げてしまう。

「ついてくんなよ」

「っ、う」

「幽霊じゃない。相手、俺がたった今まで通話してたヤツだから」

「…………」

「……そんな格好で、他の男の前に出るなって言ってんだよ。意味わかるか？」

じっと見つめられて体が火照る。

それに、QUEENでもない女がここにいるって知られるのもまずいだろうし。

仕方がないなら従うことにする。ここはちょうど玄関から死角になっている。

私がソファに座ったのを確認して、怜悧くんは扉のほうに歩いて行った。

……誰だろう。

ここはRED KINGDOM幹部専用の寮で、部外者は一切立ち入ることができない。

だとすれば、訪ねてきたのは——。

「あれ。開けてくれるんだねー！」

「あのままうるさく叩かれ続けたらたまんねぇだろ。手短に済ませろよ」

やがて話し声が聞こえてきて、こっそり聞き耳を立てた。

相手の声に……聞き覚えはない。

口調も。気だるげな黒土くんでもないし、品のいい三好くんとも違う。

「例の案件の男、所持のスマホはやっぱ飛ばしだったんだよねー。けど、ヤツを匿ってた野郎の尻尾は掴んだよ！」

「それ、ここから近いか？」

「まだ帝区にいるみたいだけど、それも時間の問題かなー！

こっちの気配に勘づいてるね、たぶん明日の朝にバック
レってとこだねー」

　やたらと「ね」が多いというか、語尾を伸ばすというか。

　相手も幹部だよね？

「んじゃー、僕、先に行ってるから」

　ドアが閉まる音を聞きながら、どんな人だろうと勝手に
想像し始める。

　髪色は派手そう、ひょうきんな性格？　雰囲気は明るい
感じで……。と。ぼんやり、イメージが頭に浮かんだとこ
ろで、急に怜悧くんが部屋に戻ってきた。

「野暮用ができた」

「え！　ヤボヨー、？」

「ちょっと "外" に出てくる。すぐ戻るから、お前はここ
にいろ」

　わざわざ、それだけを言うためだけに戻ってきてくれた
みたい。

　急いでるって雰囲気でわかった。

「ベッド使っていいから、ちゃんと寒くないようにして寝
ろよ」

　ひとりにされるんだ、と寂しい気持ちが生まれたところ
で、引き止める権利は当然なく。

「……わかった、いってらっしゃい」

　物分りのいい女になるんだ！　と言い聞かせて見送る。

　──見送った、はずだった。

　出て行こうとした怜悧くんが、ふとなにか思い出したよ

うに足を止め、私のところに戻ってくるから、びっくりする。

「疲れたなら俺のベッドで寝てればいい。続きはまた今度な」

　そんなセリフのすぐ後。

　怜悧くんの影がかかって、目の前が暗くなる。

「……、」

　──ちゅ……とやけに丁寧に落とされた唇。

「…………へ」

　状況を理解したときには。

　もうそこに怜悧くんの姿はなかった。

　すぐ戻ってくるの「すぐ」は、果たしてどのくらいの待ち時間を表すのか。

　わからず待ち続けて、早くも１時間が経過する。

　１時間のうち、何を考えていたのかといえば、当たり前に１つしかない。

　今もじんじんするくらい熱い……。

　間違いなくあれは大大大事件。

　でも不思議なことに、あのシーンを頭の中で何度も再生すればするほど、なぜか現実味がなくなっていく。

　怜悧くんに優しい手つきで触れられたことも……。

　きっとからかってるだけなんだよね。

　私にとっては、どれも刺激が強すぎたのに……。

「"続きは、また今度"……」

　口にしても、誰もいない部屋に虚しく消えていくだけ。

　怜悧くんにとったら、私は「転校生の本田サン」でしかなくて……。

　なのに、なんでキスなんか……。QUEENの実験台だからかな？

　時間が経つにつれて、嬉しさよりも切なさで胸がぎゅっとなる。

　答えなんか、認めたくないだけでわかってるよ。

　怜悧くん。

　慣れてるみたい、だった。

　それが小さな針になって、ちくんと胸を刺す。

　やだ！　こんなこと考えたくないのに！

　無理やり目を閉じたら、ぜったい寝れないと思ってたのに睡魔がぐわーっと襲ってきて、あっという間に私を呑み込んだ。

　疲れたならベッドで寝ていいって言われたけど、そんなの怜悧くんに悪いし。

　そもそも、もうベッドに移動する力もないよ……。

　いいもん、会えただけで嬉しいし。

　明日からは、「転校生の本田」として接するようにしようっと。

　自分が思うよりもクタクタだったみたい。

　ソファに横になった瞬間、意識は途切れた──。

幹部の遊び

　——夢を見た。

　怜悧くんがお姫様抱っこしてくれる夢。

　ゆらゆら、体が宙に浮いた感覚が妙にリアルで、このまま覚めないでほしいって思った。

「月、……可愛い」

　なんて、怜悧くんからは想像もできないくらい甘い声で囁かれて。

　そっとキスが落とされる……。

　抱きしめてくれる腕は優しくて、すごく、大事にされてるって思えたんだ。

　夢だから叶う、現実では絶対にあり得ない、幸せな出来事だった——。

　目が覚めたとき、私は仰向けだった。

　広くてふかふかな物に、それはもう開放的に、でーんと体を預けていた。

　そう。ここはベッドの上。

　キングサイズっていうのかな、めちゃくちゃ大きい。

　何回寝返り打っても落っこちることはなさそう。

　って、——あれっ。

　え？　ベッド？

　白い天井を見つめながら記憶をたどる。

　急に眠気に襲われて、ソファで寝ちゃったはずでしょ、それで……それで？

　ええっと……どーしてベッドに？

　明らかにおかしい状況に、一気に覚醒（かくせい）した。

　勢いよく上半身を起こして部屋を見渡すけれど、見えるものは白い壁とカーテンのみ。

　なんて殺風景な……。

　状況を整理するために、いったん深呼吸をする。

　息を大きく吸って、吐いたタイミングで。

　──カチャリ。

　部屋の扉が開いた。

「……あー、目ぇ覚めたか」

「！」

　姿を見ただけでどっと血がたぎる。

　私のほうに歩み寄ってくる怜悧くん。

　髪が……少し濡れてる。

　お風呂上がり……？

「お前な、寝るならベッドで寝ろって言ったろ」

「あ、ごめんなさい……。あの〜、もしかして京町くんが運んでくれたの……？」

「ソファから落ちそうになってんの見たら、そーするしかないだろ」

　また……醜態（しゅうたい）をさらしちゃうなんて……。

　私ってつくづくいいトコないな。

「お手間をおかけしてほんとにすみません……」

「べつにいいけど寝相悪いのも大概にしろよ。自分の今の
格好わかってんの」

「へ……、っあ」

　指摘されて思い出す。

　あああああああ!!!

　そうだよ、トレーナーの下になにも着てないのに……っ。

「俺がめくんなくても勝手に見せてくれるなんて、サービ
スいいよな、ほんと」

「どえっ、そんなつもりは……！　てゆーか、見っ……!?」

　もお〜〜だめだ！

　羞恥で頭がおかしくなっちゃいそう！

　いっそ埋めて！

「みっ、見たの……っ？」

　口にしたとたん、じんわりと涙が浮かんでくる。

　相手を見上げてるから、かろうじて溢れないけど、少し
でも下を向いたら……。

「…………」

「…………」

「……見てねーよ、泣くな」

「ほん、とに？」

「ああ。無防備すぎて、いっそ全部脱がしてやろうかとも
思ったけど」

　ぽたり、怜悧くんの髪先から雫が落っこちた。

　あくまで冷静な瞳に見下ろされて、それだけでくらくら
する。

「そーだ。昨日、本田サンに話があるって言ったろ」

「あ……うん」

「個室に風呂ないけどいいか？」

「え？」

　あ、寮の話か！

　私が入る予定だった部屋がボヤで使えなくなったから、新しい部屋を探してくれたのかな。

「もちろんもちろん。それより空き部屋あったんだね〜、よかった！」

「いや逆」

「え？」

「空き部屋ねーから、当分はこっちの寮に入るってことで話をつけてきた」

「はあ、こっちのりょう……」

　それってつまり、この――"檻"って呼ばれてる？

「REDの……幹部寮？」

「ああ、QUEENの部屋が今ちょうど空いてる」

　よかったな、とあっさり告げる怜悧くん。

　いや……そんなもう決定事項ですみたいに言われても。

「やっ待って！　QUEENって、REDにとってすごい大事な存在なんでしょ？　ただのお飾りなんかじゃないって黒土くんが言ってたよ」

　あの話をしてるときの黒土くんは至って真剣だった。

　中途半端な女がQUEENになるのは許さないって、強い意志がびりびり伝わってきたもん。

　三好くんが言うように、QUEENの「実験台」っていう扱いだったとしても……。
「私には荷が重すぎる気が」
「じゃあ野宿でもすんの？」
「うっ……そこまでの覚悟はないです」
「ただQUEENの部屋を"貸す"ってだけだ。QUEENになれって言ってるわけじゃない」
　ああ……なるほど。
　あくまで部屋を貸してくれるってだけの話であって、お前はQUEENではないと。
「わかった……。じゃあ、お言葉に甘えて部屋をお借りするね、ありがとう……」
　徐々に声のトーンが下がっていく。
　なんかはっきり線を引かれた気がして。
　QUEENって、KINGが——つまり怜悧くんが選ぶ女ってことでしょ。
　怜悧くんが愛する女ってことでしょ。
　私は、他に部屋がないから情けをかけてもらった転校生にすぎないんだなあって、現実を突きつけられた感じ。
「そういやお前、今日学校行くの」
　そんな私の気持ちはつゆ知らず。怜悧くんは、思い出したように問いかける。
「あの……今何時でしょう？」
「２限目があと20分で終わるな」
「なっ!?」

「急いだら3限目間に合うんじゃねーの」

「…………」

　さあーっと血の気が勢いよく引いていく。

「どうしよう私、転校してから、なにかとやらかしてばっかりな気がする……っ。そろそろやばいかな、やばいよね」

「そうだな。男の部屋で下着もつけずに寝る考えナシだもんな」

「っ、そのことはっ、忘れてほしいのですが……」

　その直後だった。

　怜悧くんの口角が意地悪くつり上がったのは。

「忘れてほしい……って。なに言ってんの。本田サン、"今"もはいてねーじゃん」

「……は、わ」

「なあ、トレーナー1枚だけってどんな感じなの。……ここ、落ち着かねぇだろ」

　今にも指先が太もものあたりに触れそうでハラハラ、ハラハラ。

　どんな感じって……。

　聞かれたら、そこにだけ意識が集中しちゃう。

「スースーする……」

「そりゃあ、そうだな」

「っあ、めくっちゃだめだよ？」

　怜悧くんの手を拒否したら、素直に止まってくれた。

「そーだ私、早く学校行かなきゃ」

「はかずに授業受けんの？」

「はくよっ！」

「洗濯機回ってることも忘れてたくせに？」

「え……」

　あれ、待って……。

　昨日、制服と一緒に洗濯させてもらったけど、そのあと……私、寝たよね。

「と、取り出さずに寝ちゃった……」

「ほんと。手のかかる女」

「……あ、ああもう、おっしゃるとおりで」

「白のレース。お前あーいうの着るんだ？」

「………、……えっ？」

　フリーズタイム。

　ゆうに10秒を超えた。

「ま、まさか京町くんが、出し、てくれ……」

「泣くな。善意だろ」

「うっ……」

　ここはありがとうございます、とお礼を述べるべきなのでしょう。

　そうでしょう、月。

　いやでも無理でしょう。

　好きな人に見られちゃった。

　自分の迂闊さがどこまでも憎いよ。

　学校どころかお嫁にも行けない。

　消えたい消えたい。怜悧くんの視界から今すぐ消えたい。異世界でもなんでもいいから飛ばしてほしい。

　そんなことは忘れて、授業受けに行かなきゃいけないけど、よく考えれば、転校生が堂々と遅刻して教室に入るなんて、悪目立ちしちゃうよね……とか。

「学校行きたいんだろ、早く着替えな」

「…………」

「どうした」

「ええと、ひとりで遅刻していく勇気がなくて……。まだ友達もいないし」

　あ……またあきれられたかも。

　手間のかかる女ってサイアクだ。退学したほうがいい。

「だったら綺人を呼んでやろうか」

「えっ」

「それか、俺が教室まで一緒に行ってもいいな」

　ぽかんとしていると、着替えはそこのサイドテーブル、と付け加えて、怜悧くんは部屋を出て行った。

　ベッドのすぐ隣。

　サイドテーブルの上に簡単に畳まれた制服に、ブラ、キャミ、ショーツ……。

　これに怜悧くんが触れたのかと思うと、申し訳ないやら恥ずかしいやら。

　だめだめ、思考回路切り替えよ〜。

　制服に袖を通しながら別のことを考える。

　教科書類はロッカーだし、ペンケースとかは机に置きっぱなしにしてきちゃったし、特別準備するものはないよね。

　さすがにさすがに、昨日より波乱な１日になることはな

いでしょう、さすがに！

　そう気を引きしめて、寝室を出たら。

「おはよー、昨日ぶり」

　飛んできたのは、のんびりした声。

　これは怜悧くんじゃない！

　顔を見る前にわかった。

　私にバケツの水かけた──。

「黒土くん！」

「おおー、元気そーじゃん」

　よかったねーって、今日も気だるげに頬杖をつきながら薄く微笑む彼は……どうして怜悧くんの部屋に!?

「なんでいるの？」

「おれは、るなこのために仕方なく来てあげたのー」

「へ」

「ひとりじゃ怖くて教室に行けないよお～～って。泣いてたって、怜悧くんが言うからさあ」

「んえ！　泣くまではしてないよ……っ」

　ていうか、絢人くんを呼ぶっ言ってたの、ほんとうだったんだ。

「一緒に行ってくれるの？」

「怜悧くんに頼まれたらそりゃあね」

「そっかあ、ありがとう。心強いよ～。……あ、それでその怜悧くんはどこに？」

　見回しても姿はない。

「野暮用とか言ってどっか行ったー」

また出た、ヤボヨー！

そして私が着替えてる隙にいなくなるなんて……。

俺も一緒に教室に行くってセリフに、ほんのちょっと期待してたのにな……。

「へえー、せっかくるなこのために来てあげたのに、おれじゃ不満ってこと？」

さっそく心の中を見透かされてドキッとする。

わざとらしい不服な顔で煽られたら、にこにこと笑顔を返すしかない。

「まあいーや、早く行こ。3限目に間に合いたいんでしょ」

「はい、どうもすみませぬ……」

立ち上がった黒土くんに続いて怜悧くんの部屋を出た。

檻と校舎を繋ぐ連絡通路と暗幕で仕切られた4階の廊下。

やっぱり異様だなあと改めて思いながら、3度目のエレベーターに乗り込んだ。

「るなこは友達が欲しいーの？」

「え？　まあ……、気軽に話せる女の子がいたらいいなあとは思うけど。もう無理だよね……嫌がらせまで受けてるくらいだし」

そう。

転校してから、まだ一度も女の子と日常的な会話を交わしたことがないという悲しき現実。

「いや、一概（いちがい）にそうとも言えない状況になってる。滑稽（こっけい）な

女どもは、今日はまた違った出方をするかもねえ」

「？……どういう意味」

　エレベーターが止まると同時、黒土くんは笑顔を見せた。

「ねえ、るなこ。試しに廊下をひとりで歩いてみなよ。おれは、あとから追いかける」

　──それはそれは、不敵な笑顔だった。

「ねえねえ～！　本田さ～ん！」

「よかったら～今日うちらとお昼せぇへん？」

「学食にめーっちゃ美味しい裏メニューあるんだ～。教えてあげるっ」

「てゆーか、ボヤで寮の部屋使えなくなったんでしょ？　大丈夫？　今後どうするの～？」

　え！　どーいうこと!?

　教室に入ったら、昨日まで冷たかった女の子たちがわらわらと集まってきてびっくりする。

　応答しようとしても、次から次へと人の声が流れてきて収拾つかず。

「あ、え、あ、え？」

　と言葉にならない声を発し続けるしかなかった。

「本田さんに先に話しかけたのウチらだから～」

　と、派手めの４人組が他の子たちを追い払ったところで、騒音から一時的に解放されたものの。

「本田さぁん、３限目、ウチらとサボりません？」

「へ？」

「学校のこととか、いろいろ教えてあげるよ～？」

　にこってしてくれたから思わず笑い返しちゃうけど、いやいや、私は授業受けるために来たのに！

「せっかくなんだけど、まだ初めだし授業くらいはしっかり受けようと思ってて……」

「うーん、そっか～残念。じゃあ～また今度誘うねっ」

　睨まれるかと思ったのに、意外にもあっさり引き下がってくれてホッとしたような拍子抜けしたような。

　すると、4人組の中のショートボブの子が私にそっと近づいてきた。

「本田さん、しつこくしてほんまごめんなあ。あの子、絢人くんのこと好きなんやって。でも滅多に話せへんから、本田さんに絢人くんのタイプとか聞いてほしいなあて、思ってるみたい」

　視線をたどった先で、お団子ツインテールの女の子がぽっと顔を赤らめる。

　ええっ可愛い……！

「そういうことなら、今度こっそり聞いてみるよ……！」

「えっいいの？　嬉しい～ありがとうっ」

　がぜん応援したくなって、特に考えもなく引き受けちゃったけど、いいよね？　これくらい。

「黒土くんてやっぱりモテるんだね～」

　やっと高校生らしい会話ができたのが嬉しくて、女の子たちに何気なく話題を振ってみれば。

「REDの幹部じゃなかったら気軽に話しかけられるけど、

でも逆にこの手の届かなさがいい……みたいな？　複雑な
んだよねぇ」

　と、お団子ツインテールの女の子。

「うちは三好くんがタイプやねん～。あの優しそうでクズ
そうな感じがたまらんわあ」

　と、ショートボブの女の子。

　おお、なるほど……。

　やっぱりREDの幹部メンバーって、女の子たちから絶
大な人気を得ているな。

　——てことは。

「じゃあ、京町くん……とか、は？」

　名前を口にするだけで心臓ばっくばく。

　気になる反応はといえば……。

　一瞬、沈黙が生まれて、あれ、この名前出すのマズかっ
たかなと、冷や汗がにじみそうになった。

「ムリムリムリ！　高嶺の花すぎて」

「うん、やんなあ」

「幹部はみんなそうだけどさあ、京町くんだけは絶対に夢
見させてくれないじゃん。あの人に片想いできるの、真性
のどMチャンだけだよ」

　ええっ、そんなに言うほど!?

　怜悧くん、普段、女の子にどんな態度とってるの……！

　クールなのは昔からだけど、確かに今は、綺麗すぎて逆
に怖いくらいだもんね……。

　そう思いながら、どこかほっとする。

　怜悧くんは誰に対しても隙がなくて、今はまだ、誰のものでもないってこと……。

　だけど、

「京町くんの女嫌いは有名だよねぇ」

「いや、もうその説は古いって」

　――心の平穏は、

「あ、そっか。あれでしょ？　――"京町怜悧には忘れられない女がいる"……って」

　あっけなく崩される。

　――――『お前、名前は？』

　すっかり忘れられている私が、「忘れられない女」である可能性は１％だってない……。

「クラスメイトの女と話せたのに、なんでそんなど暗い顔してんの、もっと喜べばいーのにさあ」

　３限目開始のチャイムが鳴るとともに、黒土くんはすっと現れて隣の席に腰を下ろした。

「黒土くん、私たちの会話聞いてたの？」

「いやまったく。廊下から見てただけ」

「そうなんだ。ていうか黒土くんも授業受けるの？」

「せっかく教室まで来たしねぇ」

　のんびりと頬杖をついて窓の外を眺める黒土くんは、クラスメイトの視線に気づいているのか、いないのか。

　自分がモテてること、わかってるのかな。

「ねぇ、るなこ」

「なぁに？」

「怜悧くんから伝言預かってるよ、るなこに」

「え、伝言！　どんなっ？」

「おお、食いつきがいいことで」

　にやりと笑われて、顔がぼっと熱くなる。

「"放課後はちゃんと帰ってこいよ"だってさ」

「帰って、こいよ……？」

「怜悧くんの部屋にってことでしょ」

「んえ！」

　無理すぎる。

　昨日は失態を犯しに犯しまくったし、しかもあっちは私のこと覚えてないし、忘れられない子がいるとかなんとかで、精神ズタボロなのに！

　ていうか、私が今日から帰る場所は怜悧くんの部屋じゃないよね。

「黒土くんあのね、本当にすごくおそれ多いんだけど私、QUEENの部屋を借りれることになったみたいでね」

「へぇ、そうなの。気に入らないけど、他に部屋がないなら仕方ないか」

　不服そう。

　そりゃあそうだ。

　QUEENはお飾りなんかじゃないって言ってた黒土くんだもん。

「だったら、どっちにしろ帰る場所は同じだねえ」

「あ……まあ確かに、幹部寮に間違いはないけども」

「そうじゃなくて」

　黒土くんの口元が再び妖しくつり上がる。

「知らないのー？　KINGの部屋とQUEENの部屋が繋がってるって」

　い、今なんて？

「繋がってる？　って、どーいうふうに？」

「普通に。部屋の中にあるドアで、行き来できるってこと」

「んな……」

「一応鍵はあるけど、夜は開けざるを得ないよね〜、なんたって、QUEENの部屋には風呂場がないんだから」

　あ、そういえば怜悧くんも言ってた。

　お風呂場がないけどいーか？って……。

　え……えっ、それって。

「お風呂は毎日、怜悧くんに貸してもらうってこと……？　女子寮のお風呂まで行くんじゃだめなの？」

「だめだめ。学校側との約束で、幹部寮と一般寮の行き来は禁じられてるし、そもそも遠いでしょ〜、敷地の対角線上に建ってんだから」

　うわ……うわあ、それってかなりまずい。

　先生が教卓でなんか言ってるけど、まったく頭に入ってこないよ。

　いったん忘れよう、夜のことは夜に考えようと思うのに、黒土くんは会話を続ける。

「ずっと聞こうと思ってたんだけどさあ。るなこ、昨日怜悧くんとどこまでいった？」

「へ……っ、いやっなにもないよ！　と、ところで──そんなことより、」

　話題転換！　話題転換！

　必死で頭を働かす。

「黒土くんってどんな女の子がタイプなの？」

「……、はあ？」

　お団子ツインテールの子に、聞いてほしいって頼まれたからね！

　いきなりなに、と、途端に怪訝な顔を向けられるけど、怯まない。

「気になるから、すごく！」

「おれたちは秘密主義だって昨日言ったじゃーん。自分のことべらべら喋るとか、愚か者のやることって決まってんの」

「ええ……教えてくれないの？」

　落胆の声を上げると、黒土くんは少し考えるように間を置いて。

「それ、本当に本気で知りたい？」

「知りたいですっ」

「じゃあ、昼休みに４階においで」

「え……４階って」

　あの、廊下が真っ暗な異様空間に？

「昼休みは、幹部はだいたいあそこに揃う。もちろん怜悧くんも」

「……私が入ってもいいの？」

「いーよ。許可はもう、怜悧くんにもらってるようなもんだし」

「そうなの？　じゃあ４階に行ったら黒土くんのタイプ教えてくれるってこと？」

　それに対しての返事はなく。

　黒土くんはただ、にこりと微笑むだけだった。

「うをを、女の子がいるね〜何事？」

　12時30分を少し過ぎた頃。

　私は、４階の奥の奥、突き当たりの広い部屋にいた。

　真っ赤なカーペットが敷かれた床の上に、真っ黒なテーブルが口の字型に並んでいる。

　椅子が上座（かみざ）に１脚、他は２脚ずつ配置されていて、それぞれ「壱」から「漆」までの席札があった。

　つまり、REDの幹部は全部で７枠……。

「弐ノ席が埋まる日が来るなんて感慨深（かんがい）〜い。これで少しは華やぐかもねーっ」

　さっきからにこにこ話しかけてくれるのは、銀色の髪を、どでかいヘアクリップで留めた初見の男の人。

　声と話し方で、昨日の夜に怜悧くんの部屋に来た人だってわかった。

　彼が腰を下ろしたのは「伍」の席。

　伍……5番目って確か、ACEの席？　だったっけ。

　三好くんもそうだったけど、綺麗なハイトーンなのに、髪に傷みひとつないってすごすぎる。

「QUEENの試し置きに転校生を選んだって聞いて、早く
会いたかったんだ。たとえお試しだとしても、あの怜悧ク
ンが女の子をそばに置くことにしたってのは、かなりの快
挙<ruby>挙<rt>きょ</rt></ruby>だねー！」

　お試しって……そのハナシ本当だったんだと、改めて
びっくり。

「るなこって姫って感じじゃ、ぜんぜんないよねぇ」

　けらけら笑うのは黒土くん。

「失礼な。と言いたいところだけど、おっしゃるとおりで
すよね……」

　姫って美しく気高いイメージだもん。

　今さらながら緊張を覚えていると、銀髪の彼が身を乗り
出してきた。

「名前、るなこっていうんだ！」

「あ、いや、これは黒土くんが勝手に呼んでるだけで、本
名は<ruby>月<rt>るな</rt></ruby>っていうんですけど」

「え〜！　もう絢人クンってば〜、いっつも抜け駆けする
んだからさあ！　じゃあ僕はなんて呼んだらいいの
さー!?」

「ええっ、うーんと、普通に呼んでもらえたらと」

　なにが面白くないのか、相手はむすっと顔をふくらませ
る。

「じゃあ、るなたそでいいや」

「るなたそ!?」

　またヘンなのきた！

　"たそ"って必要!?

「あ、申し遅れたけども!　僕は巫夕市。好きなものは喧嘩〜、嫌いなものは暇な時間〜。よろしくちゃんです」

「はあ、……どうも。私は本田月です」

　REDの幹部……。

　なんていうか、みんな自由奔放って感じ。

　これをまとめてるKINGの怜悧くんってすごいな。

　すると、奥の扉が開く音がした。

　怜悧くんかもって、ドキっとして姿勢を正す。

「あーっ恭悟クン!　見て見て、今日はなんと女の子がいるよー!!」

　銀髪の——巫くんがダダダっと駆け足で向かった先には、三好くんがいた。

「知ってる知ってる、チャンるなでしょ」

「え!　恭悟クンもるなたそのこと知ってたの!　なんにも知らなかったの僕だけなの、酷!」

　……私だってびっくりだよ。

　転校早々、RED KINGDOM幹部の方々との関わりができるなんて。

「チャンるな、おはよ」

　耳元でアクセサリーが優雅に揺れる。

　相変わらず上品、且つどこか儚い雰囲気の三好くんにとりあえず微笑み返した。

　今気づいた。けど。

　この学校に来てから、まだちゃんと下の名前で呼ばれた

ことない……かも。

「京町がまだ来てないみたいだね」

　私の隣――参ノ席に腰を下ろした三好くんが部屋を見渡す。

「怜悧クンいないとつまんないね！」

「すぐに来るでしょ～。ゲームはやっぱ全員揃ってからじゃないと」

　椅子にもたれかかって、扉のほうを見つめる黒土くんと巫くん。

　怜悧くんが来たとしても、席はあと２つ余ることになる。

「陸」――６番目、と「漆」――７番目。

「幹部って、まだ他にもいらっしゃるんですよね？」

「いるよー！　いずれ紹介するねっ。他にも聞きたいことあったら、いっぱい聞いてっ」

「えーと、じゃあ……みんなはいつもここで、なにをしてるの？」

　黒土くんがこちらに目を向けた。

「暇つぶし」

「絢人クン、ざっくりしすぎ。それじゃあ、るなたそわかんないよー！」

「見てれば後々わかることをいちいち教えるの面倒」

「不親切極(きわ)まりないね、酷！　こうしてやる！」

　突然ふたりのじゃれ合いが始まって、私の入る隙がなくなったところで、三好くんがこっそり教えてくれた。

「オレたちはだいたいいつも、トランプで"遊んでる"か

なあ。種目は日替わり。アレで決めてるよ」

　三好くんが指差したのは隣のテーブルにある円型で数字がいっぱいついた……ルーレット。

　ゲームっていうからてっきり、RPGとか、そういうのだと思ってたけど。

「思ったより渋いことしてるんだね」

「はは、そうかもね」

　次に扉が開いたのは、三好くんが笑ったあとだった。

「怜悧クンだー！」

　嬉しそうに声を上げて席を立つ巫くんとは反対に、私は反射的に顔を逸らしてしまう。

　顔を見れば蘇る……あの痴態が。

　そして、自分のやらかしたことで頭はいっぱいだけど、あれも忘れてない。

　夜、ソファでキスされたこと、も……。

「さあさ、早く始めようねー！　そうだ、絢人クン、今日はなにを賭けるのっ!?」

　るんるんな巫くん。

　カケル……？

　問われた黒土くんはなぜか私を見て、にやっと笑った。

「今日は"願"、で」

「へえ、黒土にしては珍し」

「そこにいるお姫様のために仕方なく〜。おれに教えてほしいことがあるんだとか。そーだよね？」

　と、再び視線を送られて、そういえばと思い出す。

　お団子ツインテールの女の子のために、私はここに来たのよ！
「あ、はいっ。黒土くんの、好きな女の子のタイプをお聞きできたらなと……！」
　張り切って答えた直後、ぱちり。
　怜悧くんと視線が合わさった。
　一瞬だったと思う。
　それなのに、長い間、……時間が止まったみたいだった。

甘美(かんび)な囁き

私たちは隣にある部屋へと移動した。
外の光じゃなく間接ライトで照らされる室内は現実味がなくて、ここが学校だってことを忘れそうになる。
「QUEENの席はそこね」
三好くんが促してくれたルーレットテーブルに着いて、「ゲーム」の開始を待つ。
座る位置は、幹部ナンバーの順。
──改めてメンバーを整理すると。
壱ノ席・KING、京町怜悧。
纏う空気に隙がない。静かながら絶対的な王。
私のことを「本田サン」と呼ぶ。
そして、弐ノ席・QUEEN（仮）、凡人、本田月（私）。
参ノ席・JACK、三好恭悟。
派手な髪色、ピアスに指輪。それらに劣らない美しさを持つ色男。
私のことを「チャンるな」と呼ぶ。
肆ノ席・JOKER、黒土絢人。
アンニュイの具現化(ぐげんか)。皮肉にも悪い笑顔がよく似合う。
私のことを「るなこ」と呼ぶ。
伍ノ席・ACE、巫夕市。
出会ったばっかりでよくわからない。銀髪。REDに明るい人がいて、とりあえずよかった。

　私のことを「るなたそ」と呼ぶ。

　──よーし、覚えたぞ！

「ねえねえ！　ルーレット回そうと思ったけど、QUEEN
が知ってるゲームじゃないとだめだよねー！」

　巫くんがきょろきょろとみんなを見回す。

　あ、QUEENって私のことか！　とワンテンポ遅れて理
解した。

「トランプで好きなアソビ言ってみー？」

　と黒土くん。

　ええっ、ええと。

「私……あんまり知らなくて」

「まあそうだよねぇ。じゃあ有名どころでポーカー、とか
ならわかるでしょ」

「わ、わかんないです」

「はあ〜!?」

　最後の「はぁ〜!?」は黒土くんだけの声じゃなかった。

「すごいね、最近の若い子は」

　三好くん、もはや感心したみたいな顔でそんなことを
言ってるけど。

「三好くんだって最近の若い子じゃん……」

「ぎゃはははは、ははは！　触れないであげて、恭悟クンは
不老不死の化け物だからねー！」

「ええっそうなの!?」

　思わず凝視する。

「勝手に信じてれば」

　はあ、とため息、三好くん。

　と、そこで思わぬ人から声が上がった。

「で、本田サンはなんならできんの？」

　この会話の流れで、至極自然なクエスチョンなのに、発言したのが怜悧くんというだけで、心臓がどきーんと跳ね上がる。

「わ、私は……」

　待って待って。冷静に考えて、トランプで遊んだこと、ほとんどなくない!?

　大富豪とか大貧民とか聞いたことはあるけど、なんのカードが強いとかまでは、わかってなくて。

　みんなに教えてもらわずにちゃんと、私ができるゲームといえば……。

「ば……ババ抜き？」

　ふっ、と怜悧くんに鼻で笑われた。

「ババ抜きー！　ヒーッわろた!!!」

　巫くんは机を叩きながら暴れ始める。

　これは……やらかした！

「えっ、だ、だめ!?　なんですか？」

「お前がそれしかできないなら、やるしかないだろ、ババ抜き」

　ありがたいことに怜悧くんのお許しが出て、みんなも頷いてくれた。

　黒土くんがテーブルの中央に積んであるトランプを取って、慣れた手つきでシャッフルしていく。

「もう一度確認しまーす。今日賭けるのは、願。つまり、勝者はここにいるメンバーのひとりに、ひとつだけ命令できまーす」

しゃっしゃっと、リズムよくみんなの前に配られるカードたち。同じ速度、均等な間隔。

見ててすごく気持ちがいい。

黒土くんは手を動かしながら言葉を続ける。

「勝者に命令された敗者は、命令に真摯（しんし）に応（こた）えなければいけません。質問に対しては、虚偽（きょぎ）も許されません」

例えば、と言って黒土くんは私を見た。

「好きなタイプを聞かれたとしたら、おれは嘘偽（いつわ）りなく教えるよ」

にこり、アンニュイな笑顔と同時、カードがみんなに渡った。

「さて。始める前にひとつ。盛り上げるために、みなさんの意志（いし）をお伺（うかが）いしましょうか」

部屋の間接ライトが、並んだカードたちを、ゆらゆら幻想的に照らしている。

「あんたの指名は、ほんとうにおれでいいの？」

「っあ、はい。黒土くんでお願いします」

「わかった。頑張ってね。ちなみに、おれはあんたにするから」

え、私……？

問い返す暇はなく、黒土くんの視線は次の人に向く。

「じゃあ、三好は？」

「京町。ポケモンのレアカード交換してほしい」

　ポケモン！

　ふたりとも、そんな顔して、まだ集めてるの（いい意味で）！

「夕市は？」

「怜悧クン。ずっと聞きたかったことがあるんだよねー！」

　ああ、怜悧くん人気だ。

　私も……とはちょっと思ったりするけど、怜悧くんに命令するなんて普通におそれ多くてムリかも。

「じゃあ最後。怜悧くんは？」

「本田サンで」

　へ？　とまぬけな声が出た。

　あっさり、当然のように、本田サンでと言われた、ような。

「ハイ、開始でーす。同じカードあったらさっさと捨ててくださいねー」

　私だけを置いてけぼりにして、ゲームは始まった。

　出だしは順調だった。

　配られたカードの中に同じ数字が１組、ジョーカーはなし。

　運が良かったら、一番に上がれるかも!!　と胸が躍る。

「どーぞ本田サン」

　時計回り。怜悧くんの手持ちカードから１枚選ぶ瞬間が幸せ。

　私の次は三好くん。

「今回のゲームの勝者はひとり。最初にカードがなくなった人だよね」

　三好くんの問いに、「当たり前でしょー！」と巫くんが答えた。

「つまり残りの４人は全員敗者、と。」

　私の手からハートの４がスッと抜けていく。

　そしたらなんと、

「おしっ、勝ち確かな」

　早くも、三好くんの手持ちカードが２枚になったではないか。

　そこから黒土くんが１枚引くから、残るはあと１枚だけってこと。

　うわーっ、うらやましい。

　なんて思っていると。

「うをを、怜悧クンも残り２枚だねー！」

　巫くんの声に急いで顔を上げる。

　怜悧くんも２枚……!?

　次に私が引いたら、残り１枚になる。

　どうしよう、怜悧くんが勝っちゃうかもしれない。

　もしそうなったら、私になにか命令しなきゃいけないわけで……。

　どんな命令をされるんだろう……っ。

　私を指名したってことは、なにをさせるか、もう決めてるってことだよね？

　無表情の怜悧くんの考えはまったく読めないから、どき

どきする……。

　満足させられるようなことが、できればいいんだけど。

「なあ、本田サン」

「っ！　ごめんなさいぼーっとして！　すぐ引きますっ」

「そうじゃなくて。勝たせてやろーか？」

「へ」

　怜悧くんが薄い笑みを浮かべて、試すように見つめてくる。

　裏の意図が見えるような、見えないような。

　でもそんなの関係ない。

　好きな人に「勝ちたいんでしょ？」と至近距離で聞かれたら、考える間もなく勝手に頷いちゃうの。

「本田サンから見て左のカード。選んで」

　距離がぐっと近づいた。

　内緒話をするときの、あの吐息だけで喋るヒソヒソ声。

　耳元で響いたらくらっときちゃう。

　うっとりした気分になり、操られるように左のカードに手を伸ばす。

　さあさあ、なんのカードでしょう。

　──と。

「ぎゃーっ!!」

　ジョーカーが来た!!

　なんてこった、してやられたり！

「みんなー！　ジョーカーの持ち主がわかったねー!!」

「ひえっ、巫くん言いふらさないでっ」

「言いふらすもなにも丸わかりジャーン！」

　はあ、私はポンコツです。好きな人の言うことならなんでも聞いちゃうアホ女です。

「どんまいどんまい」

　にこにこ楽しそうな三好くんが、ジョーカーを引いてくれることはなく。

　だけど、数字が揃うこともなかったようで、黒土くん、そして巫くんの番になる。

　「やったー！」と、ついに巫くんも２枚になった。

　その直後だった。

「あがり」

　巫くんから１枚抜いた怜悧くん。

　手放された２枚のカードがはらりと宙を舞って、表を向いて綺麗に着地する。

　ダイヤのキングと、ハートのキング。

「じゃあそういうことで、本田サン」

　席を立つ怜悧くん。

　口元には薄い笑み。

「今夜は俺の部屋、な」

　──怜悧くんが立ち去ると、幹部のみなさま方が、なぜか神妙な面持ちでこちらを見ていた。

「るなたそ、だ、大丈夫？　夜は、僕がついてってあげようか……？」

　巫くんがわなわなと声を震わせながら、そんなことを言う。

「え、いや……大丈夫です？　たぶん、」

　確かに、男の人の部屋に呼ばれるって、私にとったらけっこう……いやかなり大したことだけど、怯えるほどの不安があるわけじゃない。

　むしろどんな命令が待ってるんだろうと、期待したりもして。

「だって怜悧クンって、女の子には……ねぇ？　恭悟クンも僕の言いたいことわかるでしょ？」

「そうだね、巫の言葉を借りれば"酷"だね」

　コク……酷？

「でもチャンるな。昨日の晩は、チャンるなが泣くようなことはなかったんでしょ」

「そりゃそうじゃん！　昨日の夜、怜悧クンは僕と一緒にいたんだもんねー！」

　私の代わりに巫くんが答えてくれる。

　そう……確かに。

　昨日怜悧くんと過ごした時間は短かった。

　私がお風呂から上がったら、ヤボヨーとか言って巫くんとどこかに行っちゃったし。

　巫くんは、怜悧くんの部屋に私がいるって知らなかったみたいだけど……。

「怜悧クンってば、女の子に対して引くほど冷たくてさー！青い血流れてる、絶対！」

　昔から女の子に対してはそっけなかったけど。でも、引くほどって……そこまで？

「オレたちも、QUEENの席を早く埋めなきゃいけないと思いつつ、京町があの調子じゃ無理だろうなって、半分諦めてるしね」

「怜悧クン、ほんとは女性の扱い超絶上手いんだよ〜っ。ビジネスの場ではときどき本領発揮してくれるんだけど、女といるのが一番体力使う〜とか言っちゃって。極力関わりたがらないのさ！」

「おかげで最近のハニトラのシゴトは全部オレに回ってくるんだけどね」

「うんうん！　でも恭悟クンは素で楽しんでるからい〜んじゃないの〜」

　え！　ちょっと一気に情報が。

　待って、追いつけないけど追いつきたい。

　怜悧くんは女の子に冷たいんだよね？

　でも扱いは超絶上手いって……。

　まず、ビジネスってなに、ハニトラってなに。

「はは、チャンるながパンクしてる」

　すかさず三好くんに頭の中を見破られる。

「つ、つまり、京町くんは女性に慣れていると……？」

「ビジネス的なアレでは、ね」

「ビジネス……とは？」

「利益を発生させる手段」

「あ……はあ、そうナンデスか」

　だから、と三好くんが続ける。

「優しくしてもなんの利益も出ないチャンるなには、京町

は厳しく当たるだろうねって話」

　話の半分くらいしか理解できてないけど、言われていることはわかった。

　とりあえず、本田月ごときが夢を見たら痛い目見るぞって忠告ね。

「ところでさ～。絢人クン、ゲーム始まってから一言も喋ってないけどどうしちゃったのさー！　らしくないねー！」

　巫くんがビシッと指をさしてみせる。

　あ、言われてみればそうかも！

「べつに。おれはジョーカーが負け札のゲームには、ノれないタチなのー」

「とか言って。今日は端（はな）から、勝つ気も負ける気もなかったくせに。黒土のなにか企んでる顔はすぐわかる」

　やれやれといった様子で立ち上がった三好くん。

　対する黒土くんはにやりと笑うだけ。

「じゃあオレはこのへんで。またゲームしようね、チャンるな」

　ひらひら揺れる手に、ぎこちなく頷いて応える。

「あっ、僕もお昼から用事あるんだったー！　るなたそ、またねっ。怜悧クンに意地悪されたら、僕のとこ来ていいからねー！」

　続いて席を立った巫くんを見送ると、部屋に残るは黒土くんと私だけ。

「やっとふたりきりになれたねえ、るなこ」

　ふわぁとあくびをする。このマイペースさ、だんだん猫

に見えてくる。

「眠くなってきた、これじゃあ午後の授業には出られない
ねえ、るなこ」

「私は出るよ」

「だーめ。るなこもおれと寝るんだよ。ああ、そういえば
腹も減ったな、ハイおにぎり」

　なにやらゴソゴソしたあと、ブレザーの内ポケットから
ボン！と、どでかくて黒い塊が出てきた。

「昼飯まだでしょ〜、売店名物・赤帝スーパーおにぎりで
すよ、税込み700円ナリ」

「え、高！」

「お金はとらない。おれとるなこの仲だからね？　ちなみ
に、さっき買ったばっかりだから品質は保証しますぜ」

　700円のおにぎりを無料で提供するなんてなにか裏があり
そうな……と思いながらも、思えば昨日からろくに食べ
てないし。

「ほんとにもらっていいの？　黒土くんもお腹空いてるん
でしょ？」

「もう1個あるからいーの」

　内ポケットから同じものを取り出した黒土くん。

「そんなとこによく入ったね。ありがとう、いただきます」

「どうぞ〜中身はトンカツでぇす。スタミナつけようね〜」

　トンカツ！　やったー大好き！

「……その代わり、ひとつ頼みがあるんだよね」

　そう言われたとき、私はすでに3口目を頬張っていた。

「んえ、た、頼みってなに……」

「これからは、おれのこと"絢人"って呼んでよ」

「は……？」

「なに、いやなの？」

「いや、それだけでいいの？」

　いいものを食べさせてもらった対価は、正直もっと欲のあるものだと身構えたのに。

「十分。ていうかコレ、そんな容易い要求じゃないよ、"絶対"だからね。なにがあっても、どんな状況でも、おれのことは下の名前で呼ぶの。わかった？」

「うん、わかった。オッケーだよ？」

　それから黒土くん——もとい、絢人くんとごはんを食べること10分ほど。

「ねえ、るなこ」

「なあに、絢人くん」

「忘れないでね、おれが秘密を握ってること」

「？　秘密……」

「るなこと怜悧くんが、幼なじみだって。知ってるの、おれだけなんだけど？」

　あっと声が出そうになる。

　そういえばそうだった……！

　絢人くんにだけ、喋っちゃってたんだった……。

　怜悧くんを追いかけて赤帝高校に転校してきたことも！

「結果どうだった？　見てた感じ、やっぱり怜悧くんには覚えられてなかったみたいだねえ」

「は、はい……」

「じゃあ、おれが怜悧くんにバラしてもいい？」

「だっ、だめだよっ!!　絶対だめ!!」

　小学校のころ、本田月は怜悧くんにはなんとも思われていなかったんだもん。

　勘違いして高校まで追いかけてきたことがバレたら、心の底からドン引きされるに決まってる。

　バレてもっと冷たくされるよりは、"転校生の本田サン"でいたい!!

「なんでも言うこと聞くから言わないでっ」

「うんうん、そうこなくっちゃ」

　満足気に笑う顔は悪魔。

　さては、ゲームの勝ち負け関係なしに最初からこうするつもりで……！

「じゃ、15時になったら起こしてねー。おやすみるなこ」

　そのままぱたっとテーブルに突っ伏す。

　ものの数秒でスースーと気持ちよさそうに……。

「どこでもすぐ寝れるって天才だよ、絢人くん」

　悟った。

　弱みを握られてる私には、眠る相手に嫌味を言うくらいしかできないんだって。

「こ、こんばんは〜。本田ですが、京町くんは、いますかあ〜……」

　なんとか６限目だけ出席して、終礼が終わったと同時、

逃げるようにして幹部寮までやってきた。

　授業をサボりまくる私に先生はお怒りの様子だったから、声をかけられる前にと、とにかく急いだけど。

　ここに来るまで、廊下では女の子たちがヒソヒソしながら私のことを見てたし、疲れるよ～。

　はあ……本当の友達が欲しい。

　それにしても、怜悧くんいないのかなあ。

　言われたとおりに部屋に来たんだけど……。

　ピン、ポーーン。もう1回インターホンを押してみるけど、反応はなし。

　出直してくるしかないかな……。

　踵を返そうとしたとき。

「本田サン。ずいぶんお早いことで」

「ぎゃあっ」

　気配もなく現れたのは、他でもない怜悧くんだった。

　びっくりしたとき出る声に、どうしても濁音がついちゃうのつらすぎる。可愛くない。

　ていうか、確かに早すぎたかも。「今夜」って言われたのに、まだ夕方だし。

　かなり気合入ってんだなとか思われてたら、恥ずかしいよ……っ。

「じゅ、授業が終わってすぐ来たんです……えと、他に行くところもなかったので。早すぎましたよね、へへ」

　じわりと手汗がにじむ。

　この人を前に緊張しないほうが無理だ。

「べつにいい。言うこと聞いてもらうんだから、時間は多くあったほうがいいだろ。……な」

　高校生活、まさか。待ってるのは青春じゃなく、下僕生活……?

　ピ、とカードで扉のロックが解除された。

　ふたりきりになるとどうしても昨日のキスを思い出して、喉から心臓が飛び出そう。

　うっ……また視界がぐるぐるしてきた……。

　無駄だと思ってしまうくらい広い玄関に足を踏み入れて、1歩、2歩、3歩。

　手と足が一緒に出てることに気づいて、ひとりで勝手に体を熱くさせながら、怜悧くん見てないよね!?と顔を上げたら──。

「っ!」

　視線がからんだ挙句、動揺して足元への注意はおろそかになり、

「ひあっ!?　ぁあああ」

　つま先になにか固いものが当たって、つんのめる。

　おわっ、顔面からいっちゃう!

　またしても怜悧くんの前で失態を犯──、

「……っぶねぇな」

　──さずに、済んだ?

　顔が地に着くことはなかった。

　……後ろから抱きとめられてる、から。

　怜悧くんの手が……手が、腰に回されて……っ。

　パニックになっていると、さらに強く引き寄せられる。

　冷静に冷静に。

　えーと、チャンスなのでは？

　少女漫画で、こういうハプニングからいい雰囲気になるシーンを何度も見てきたよ。

　ここは可愛い声で「ありがとう」と言うべきなの、きっと。

　いつもよりワントーン高いイメージで、あ、甘えるみたいな、猫みたいな……。

　よし、言うぞ！

　決心した矢先。

「まだノ入んねぇり？　手離していーか？」

　私のお腹の上で、もぞ、と怜悧くんの手が動くから。

「ひゃあ、ぅん」

　う……！　ヘンな声出た……っ。

「も、もう立てますっ、すみません!!」

　伝えたいのは謝罪の言葉じゃないのに……。

　はあ、はあ……っ。

　自力で立った瞬間に、走ったあとみたいな息切れが襲ってくる。

　このまま一緒にいたら酸欠で倒れそうだし、それ以上にさらになにかやらかしそうだしっ。

「今日は、やっぱり帰ってもいいですか……っ？」

「帰るってどこに」

「へ、あ……確かに。……あ！　く、QUEENの部屋？　に」

「なら隣だな」

　っあ、でも待って。QUEENの部屋には、お風呂場がないって……。

「すみません。お風呂だけ……貸してくれませんか……」

　真っ赤であろう顔は見せられないから、深々と頭を下げる。

　勝手なことばかり言って、怒られるかなとびくびくした。

「都合のいい女」

　返ってきた声が思いのほか柔らかくて、胸がぎゅっとなる。

　心臓をゆるく掴まれたみたいな苦しさなのに、体の奥の……どこかが甘く疼いた。

　ひとまず退散しようとした私を、怜悧くんが引き止める。

「そういや今つまずいたダンボール、本田サンの荷物なんだけど」

「へ……私の荷物？」

「管理人室に連絡して運んでもらった。部屋に持って帰んな」

「ありがとうございますっ、ていうかごめんなさい!!　本来なら私が取りに行かなきゃいけないものを……！」

「またあんなカッコで隣に座られたら、困るからな」

　落とされたため息が、ぐさりぐさりと容赦なく胸を刺す。

「はしたなくて本当に、本当にごめんなさい……っ。それではいったん、失礼します……」

　いたたまれなくなり、ダンボールを抱えて、そそくさと

怜悧くんの部屋を出た。

　KINGの隣がQUEENの部屋だから……と。

　壁に沿って歩いたら、ピンクゴールドに輝く扉が私を待っていた。

「うわあ、姫！って感じ……」

　きらきらど派手。

　身の丈に合わないものを目にして、勝手に申し訳なくなってくる。

　気にしない、あくまで借りるだけ。

　私はQUEENじゃないんだから……。

　ドアノブに手をかける——が、

「うむ……開かない……」

　鍵がかかってる。

　当然、私は持っているわけもなく……。

「京町くん、たびたびすみません……」

　再び、KINGの部屋を訪ねることとなったのです。

「ああ、そういや空き部屋のルームキーは、全部三好が管理してるんだったな」

「その三好くんは今どこに？」

「クラス棟の４階だろうけど、行く必要はない」

　こっちを見ろ、と視線で私を誘導する。

　怜悧くんの部屋の奥、左側にある扉。

「言ったろ、KINGとQUEENの部屋は繋がってるって」

　そういえば言われたような……。

　じゃあ今すぐ鍵を借りなくても、荷物の搬入くらいなら

できるのか……。

「それ貸しな。俺が運ぶ」

　私からダンボールをひょいと奪って、QUEENの部屋へと向かう怜悧くん。

「あ、ありがとうございますっ」

　荷物を持ってくれただけでほっぺたがゆるゆるになる。今振り向かれたら大変だ。

「つーか荷物こんだけ？」

「そうですけど……」

「新生活に箱１個て。思い出の品とかねーの」

「うむ、特には……あっ」

「なに」

　思い出した、怜悧くんと小さい頃に撮った写真、持ってきたんだった！

　お母さんがケータイで撮ってくれて、プリントした写真を。

「なんでもないです……」

　怜悧くんを好きで、高校まで追いかけてきたことがバレるわけにはいかないの。

　特になんとも思ってない女が、写真まで持って同じ学校にやってくるなんてホラーだよね、自分でやっておいてなんだけど！

　奇跡的に、怜悧くんのいる前で幹部の人たちから「月」って呼ばれたことはまだないけど、それも時間の問題……。

　黒土くんが黙っててくれる限りは、大丈夫だと思いたい

のに、心の休まる暇がない。

　ずっと片想いしてた怜悧くんと一緒にいられるのが嬉しいのに、それは自分がかつての幼なじみだとバレてないからこそ、叶ってるワケで。

　思い出してもらいたいけど、思い出されたらきっと嫌われる。

　……すごく切ない。

「いったいなに考えてたら、そんな顔になんだよ」

「そっ、そんな顔とは」

「この世の終わりデスみたいな」

　もはや言い訳すらできない。

「そんなに酷い顔してるの、私……」

「鏡見るか？」

「いや、いい、いいです……」

　しばしの沈黙。

　じっと怜悧くんに見つめられるのを感じて、私は頑（かたく）なにうつむき続ける。

　すると、ふいにダンボールを床に置く音がして。

「やっぱりお前、今日はずっとここにいろ」

「えっなんで」

「……悪いようにはしねぇよ」

「……、」

　それ理由になってないけど……。

「れ……、京町くんは、"女といると疲れる"んじゃないんですか」

「だから。その女がいる状況に慣れるために、本田サンに来いって言ったんだよ」

「？……はあ、つまりは？」

「QUEENの席を埋めるための準備」

　ああ、三好くんとかが言ってた「実験」的な……。

「QUEENの空席続きで世間体が悪いだけならいい。けど、QUEENの座争って校内の治安が悪化したとか、学校から言いがかりつけられて、もう逃げ道がなくなった」

　ソファに座った怜悧くん。長い脚をだらりと投げ出して、なんとも冷たい顔で話を続ける。

「近いうちに、QUEENを選ぶことになる」

「っ、」

「女といる時間に慣れなきゃいけねーの、だから転校生の本田サンに極秘で手伝ってもらう。そういうハナシ」

　少し顔を上げる。

　怜悧くんは私を見ていた。

　もうわかったな、と黒い瞳が圧をかけるから、ぎこちなくうなずいた。

　なにか、言わなきゃ……。

「ええと……。QUEENはどうやって決めるんですか？何人か候補がいたり……？」

　墓穴を掘るとはこのことかもしれない。

「候補なんていねぇよ。俺は最初からひとりしか選ばない」

　笑顔笑顔笑顔……、呪文のごとく唱えれば唱えるほど、頬が引きつっていく。

　心なしか視界が暗くなった気がする。

　最初から、ひとりしか選ばない……。

　そうだった。

　クラスの女の子たちがウワサしてた。

　京町怜悧には忘れられない人がいるって……。

　ぐわあ……と突然いつもの倍くらいの重力を感じる気が
する。

「で。昼休みのゲームに勝った俺の願いは、絶対叶えてくれ
るんだろ、本田サン」

「う……は、はい……。絶対って言っても私ができること
に限定されますよ……っ、私ができることなんてただが知
れてるので、先に謝っておきますが……あまりお役には立
てないかも」

　悲しい気持ちを悟られないようにと、意識すると饒舌<ruby>饒舌<rt>じょうぜつ</rt></ruby>に
なる。

　ネガティブな気持ちとともに止まらない言葉たち。遮る<ruby>遮る<rt>さえぎ</rt></ruby>
ように、怜悧くんがひと言。

「続き」

「へ、」

「昨日の続きやるから今夜付き合え。それだけでいい」

「んん……、はぁっ……ぅ」

　──22時30分を少し回った頃。

　私は怜悧くんに抱えられてベッドの上にいた。

　お風呂から上がってもう30分は経つっていうのに、体

は冷めるどころかますます熱を上げていた。

　唇が落ちてくるの、もう何回目かわからない。

　決して深くはないのに、じっくりと犯されてるような感覚。

　これって現実、なのかな……。

　初めは戸惑いで頭がぐちゃぐちゃだったけど、合間に、なだめる手つきで背中を撫でられると、もうキスのことしか考えられなくなった。

　わかるのは、甘くて気持ちいいってことと、怜悧くんが好きってことだけ……。

「だから、肩に力入れんなって。さっきも言ったろ」

「だっ……て、そう言われたって、勝手に……入っちゃう、から、…っ…」

　そしたら、ぐいっと引き寄せられる。

　体を預けていいって言われてるみたい。素直に力を抜いたら、自分が思ったよりもずっと距離が近くなった。

「っ、うあ、ごめなさ……い」

　服越し……だけど、密着してる面積が、さっきと比べものにならない……！

　体勢を立て直そうとするものの、その距離のまま片腕で抱きしめられて、次のキスが降ってくる。

「……っぅ」

　どうしよう、密着度に比例して、さっきより気持ちいい気がする。

　怜悧くんの体も熱い気がする。

　ばくんばくんって、心臓の音しか聞こえない。恥ずかしいから離れたいのに、どんどん、どんどん力が抜けていってしまう。

「はぁ、も……っ、むりだよ、」

「最後まで付き合えって言ったろ」

　"最後まで"って聞いてないよ。

　ていうか、最後ってなに……？

　キスに終わりがあるの？

　キスを何回したら終わりって、世間ではそういう決まりがあるの……？

「あ、あと何回……する、の？」

　頭がふわふわして、これ以上続けられたらおかしくなりそうだって本能が言ってる。

「やめてぇの？」

「……やめ、たくない、」

　あれ、勝手に言葉が……。

「あ、ち、違う……でも、酸素がないよ、もう……っ」

「へー、そう」

「……っん」

　や……、なんでまたするの。

　私の肩を抱いてた手が、上下にゆっくり動いてこれでもかってくらいに甘やかしてくる。

　気持ちよくて、でも本当に酸素が足りなくなったのか、頭がぼうっとして……うとうと。

　しだいに眠たくなってきた。

　男の子にされるがままの私は、怜悧くんに軽い女って思われたかな。

　怜悧くんにとっては、たかがキスなんだろうけど、私が抵抗しないのは、怜悧くんだったからだよ。

　なんてことを考えながら。

「っ、おい……」

　心地よい熱さの中、甘い余韻を残して私は意識を手放した。

「先にくたばってんじゃねえよ、……月」

【怜悧side】秘めた想い

　隣ですやすや眠る姿があまりにも無防備で、ため息が出た。

　簡単に触れられる場所に月がいる。

　なのに喜び切れないのは、俺に簡単に肌を触れさせるから。

　気持ちを確かめたくて、ゆっくり反応を見るつもりが、素直に甘えられると抑えがきかなくなる。

　可愛い……。

　もっと触れたい。

　だけど、男相手に……危機感がなさすぎる。

　甘い声と甘い目線。

　月が向けるのは……俺だけだと思いたい。

　——『怜悧くん、？』

　再会したあの夜。

　名前を呼ばれたとき、どうするのが正解なのかとっさに考えた。

　すぐに抱きしめたい。

　四六時中そばにいたい。

　そんな欲との葛藤の中、僅差で理性が勝った。

　——『誰それ』

　黒帝の連中は女にも容赦がない。

　月と俺が親しい間柄とわかれば、必ず狙ってくる。

　黒帝との抗争が終わるまでは、ただの転校生として扱うと決めて、極力関わらないようにするつもりだった。

　ただ……。

　月が転校してきてからすぐの、女子寮のボヤ。

　ピンポイントで月の部屋だけが燃えた。

　ただの偶然だとは思えない。

　すでに知っている人間が……どこかで俺たちの情報を掴んだ人間がいると考えるのが、妥当だ。

　このまま知らないフリを続けるか？

　だが……俺の知らないところで、月が危険な目に遭ったらどうする。

　繰り返し悩んだ結果、そばで守ることのできる今の方法を選んだ。

　感情はできるだけ表に出さない。

　……あくまで、部屋を失った転校生に親切で部屋を貸しているだけ。

　表向きはそう見えるように。

　ただ、いざ月が自分の部屋に来るとなると——。

　思った以上に我慢がきかない。

　このまま、離したくない……。

「ん……うぅ」

　月の声がして、どきりと心臓が跳ねる。

　起きたのかと慌てて目を逸らすけど、寝返りを打っただけらしい。

　ブランケットをかけ直そうと手を伸ばす。

　　──と。

　　ふいに。

　　月の小さな手が俺の服をつかんだ。

「……っ、」

　　もっとこっちに来て、と言うみたいに引っ張られて、ぐらりとめまいがする。

　　せっかく抑えてる気持ちをいとも簡単に揺るがす月。

　　観念して抱きしめた。

「……月」

　　本当は押し倒してキスして、泣くくらい甘やかしたい。

　　俺がいなきゃいやだって、あの甘い声で求められたい。

　　だけど今は、……守ることだけを考える。

「俺のこと、どう思ってる……？」

　　誰も見てない夜だけは……と、一晩中抱きしめていた。

真夜中の話

　目が覚めるとそこに怜悧くんの姿はなかった。

　覚醒<ruby>かくせい</ruby>しきっていない頭で夜の記憶をたどる。

　何回も何回も触れられて、甘い言葉を囁かれたような、気がするようなしないような。

　怜悧くんに限ってそんなことはないでしょう、私っていつから妄想魔になったの。

　部屋を見渡して、カーテンから洩<ruby>も</ruby>れる光に目を細めた瞬間にハッとする。

　学校……！

　今何時……？

　ベッドの隣、サイドテーブルに置いたスマホを見た。

　転校初日からバッテリーが瀕死<ruby>ひんし</ruby>だったのを、怜悧くんがワイヤレス充電器で救ってくれた。

　うわわ、8時22分。

　1限目にギリギリ間に合う……頑張れば。

　気合い入れて準備しなきゃ。

　朝ごはんは今日も抜きかな……。

　ところで部屋の主はどこへ行ったんだろうと思いながら、ベッドから下りたときだった。

　──ピンポーン。

　インターホンが鳴ってびくり。

　誰だろう！

　ここはRED KINGDOMの幹部寮。

　敷地に入ることができるのは当然幹部だけ。

　それなら、扉の向こうにいるのは私の知ってる人ってこと。

　そろりそろりとインターホンに近づいて、カメラをオンにするボタンをタップしてみたら。

『チャンるな、開けて、ドア』

　うわ、三好くんだ！

　とりあえず、急いでこちらのマイクもオンにする。

「お、おはようございますっ。どうしたんですか？　私もう教室行かないといけなくて……」

『教室？　自習でもするの？　えらいねえチャンるなは』

「や、自習じゃなくて授業……」

『今日土曜だよ？』

　画面の向こうで、くすっと笑う気配。

　……え、……え！！

『寝ぼけてるの？　可愛いね』

　いろいろありすぎて曜日感覚なくなってたんだよ……。

『それで。開けてもらえると嬉しいんだけど、いい？』

「あっ、今開けますね！」

　怜悧くんがいないのに、勝手にこんなことしていいのか。

　迷いながらも、ドアに手をかける。

　私はREDの部外者。

　幹部の人に逆らう勇気は、持ち合わせてない。

「怜悧くんは今、いないですよ……？」

「知ってる。オレはチャンるなに用があって来たんだよ」

「私？」

「QUEENのルームキー渡してなかったからね」

　差し出されたのは、ピンクゴールドのカード。

　これ、部屋の扉の色とおんなじだ……。

「あ、ありがとうございますっ。実は昨日、三好くんにルームキーもらいに行こうとしてたところで……」

「うん。取りに来るかなあって思ってしばらく待ってたんだけど、結局来なかったね」

「ひえ、すみません！　わざわざ持ってきてもらって……」

「チャンるなが来なかったから、だいたい察したよね。どうだったの？　京町とふたり、ひとつのベッドで過ごした夜は」

　瞳が妖しく弧を描く。

　意味深な、笑顔……。

　ばくばくばくと急激に鼓動が速くなっていく。

「どっ、どうだったって、ふ、普通だったよ……！」

「ハハ、そう」

「そう、です」

「ちなみに、オレ今カマかけたんだけど。本当にふたりで寝たんだ、いつの間にそんなにえろい展開に？」

　え……かまかけられた……!?

　しまった……っ。

「部屋は繋がってるから、鍵がなくても、チャンるなはQUEENの部屋で眠れたはずだけど……ふうん？」

「う、あ、ええと、そう。知らなくて、繋がってるなんて、部屋が……！」

「慌てた顔もかーわい。毎分毎秒ころころ表情が変わって、やっぱりチャンるなは面白いね」

　んああ、百面相しないように気をつけようと思ってたのに……ぜんぜんダメだ。

「他にはどんな表情するのか、いっぱい見てみたいよね」

「やっ、もう二度と私の顔見ないでっ」

「ハハ、なんで」

「恥ずかしいので……」

「そんなこと言われたら、もっと恥ずかしがらせたくなるのが男ですよ、お嬢さん」

　優雅に私の手をとったかと思えば、そのまま唇を落とそうとしてくるから。

「ぎゃあっ」

「ぎゃあて」

　手をとっさに背中へ引っ込めた。

「チャンるな、案外ガード固め？　それはそれでかなり燃える」

「だって……いきなりびっくりするし。ていうか三好くん、ちゃらい……」

「うん、よく言われるけど。オレ、そうでもないよ」

「案外一途だったり……？」

「一途一途。チャンるなのことしか見えてないしね」

　そう言ってにこり。

　ひ、ひえ……息をするように口説《くど》いてくる。

　これが女に慣れた男……っ。

「からかいに来たなら帰ってっ」

「ハハ、怒んないで。ほんとにチャンるなに用があって来たんだから許してよ」

　ほんとかなあ？　と疑いながらも、用もないのに私に会いにくるほど暇人じゃないだろうから、しぶしぶ耳を傾けることにする。

「用ってなんですか？」

「大きな声じゃ言えないからドア閉めていい？」

「え、」

　にこにこ三好くん。

　距離を詰められた分だけ後ろに下がる。

「そんなに逃げなくてもいいのに」

「体が勝手に後退するっていうか……。それより、ドアを閉めなきゃいけないほど、大きな声じゃ言えない話ってなに——」

「黒土には気をつけて」

「……へ？」

「うちの絢人くんだよ。気をつけてね、それだけ。じゃあまた」

　——本当に、それだけを言いにきたらしい三好くんはくるりと踵を返した。

　三好くんと絢人くんは仲間で……友達なんじゃないの？

　喉元まで出かかったその言葉が声になる前に、扉は閉

まってしまった。

　三好くんと絢人くんって、仲が悪いのかな。

　気をつけてって言われても、なにをどういうふうに気を つけたらいいのやら。

　まるで絢人くんが危険人物かのような言い方。

　そもそもRED自体が、危険な集団なんじゃないの？

　黒土絢人くん……。

　そういえばギャンブラーとか言われてたっけ。

　確かにあんまりいいイメージはない言葉だけど、絢人く んがいくらギャンブル大好き人間だったとしても、それっ て私に関係ないことだよね。

　他に考えられる要因は何だろう。

　……ものすごい性癖の持ち主とか？

　三好くんが持って来てくれたカードキーを見つめてこれ からどうしようと考えた結果、せっかくだからQUEENの 部屋に入ってみることにした。

「はがが、高級ホテル……」

　思わずため息が出るほどの内装、インテリアの数々。

　KINGのかちっとした雰囲気とは反対に、あらゆるとこ ろがきらきらど派手で眩しい。

　姫っていうかギャル。

　歴代の姫って、もしやばちばちのギャルだったのでは？

　扉の内側には、おとといの日付で業者による清掃済みの シートが貼られていて、めくってみると、1週間おきに清

掃されていることがわかった。

　今は誰も使わない部屋なのに、管理が徹底されててすごいや……。

　改めて、身の丈に合わないなあと、ヘンな汗が出てくる。

「しかも、本当にKINGの部屋と繋がってるし……」

　扉一枚越えれば怜悧くんの生活領域。

　これって、同居と変わらないんじゃ……。

　ひとまず荷物をこっちに移動させようと、室内の扉を使ってKINGの部屋に足を踏み入れた直後だった。

「うわ、そっちにいたのか」

　ばちり、視線が交わって数秒間思考も動作も停止する。

　あれっ、いる。怜悧くんがいる。

「んな、ええあ、京町くんさっきまで部屋にいなかったよね!?　あれっ」

「少し外に出てただけだ。部屋戻ったら本田サンいねーとか、普通に焦んだけど」

「っあ、勝手にごめんなさいっ!　三好くんがさっきQUEENのルームキーを届けてくれて、どんなものかと内見を……」

　しどろもどろ。やましいことなんてないのに相手の目もまともに見れない。

「本田サン朝めし食ったの」

「た、食べてないです」

「じゃーいっしょに食うか?」

「っは」

は、じゃないでしょうが私！

怜悧くんがご飯に誘ってくれた。

一緒に食べようって……！

嬉しすぎる、でも、緊張で食べ物が喉を通らないかも。

「ご一緒していいんですか……？」

「うん。つーかその敬語いい加減やめねえ？　俺とお前同い年だろ」

「え、そ、そう……なんですか？」

大丈夫かな。怜悧くんのことを、さもぜんぜん知らないようなフリをしようとしたけど、そうなんですかは逆に怪しかったかなあ、なんて。

「三好も絢人も夕市も２年だし、気遣わなくていい」

「へえ、幹部はみんな同い年……なんだね」

「全員じゃない。本田サンが会ってないのがあと一人いる」

あ、そういえばお昼休みにゲームをしたときも席がまだ空いてたっけ。

茶色の紙袋をぶら下げた怜悧くんがダイニングのほうに歩いていくから、あとを追いかけた。

でん、とテーブルに置かれた紙袋からは香ばしいパンの香り。

怜悧くんが取り出したのは──。

「わあ、ホットサンドだ……！　もしかしてわざわざ買ってきてくれた、の」

「外出たついで。２種類あるけどどっちがいい」

「２種類って？」

んーと言いながら怜悧くんがレシートを広げる。

「ハムチーズ……と、シーザーチキンだな」

「わあ、どっちも美味しそうだね……」

　危うくお腹が鳴りそうになって、反射的にくるりと背を向けてしまった。

「私、顔洗ってくる……！」

　三好くんには寝起きの顔を平気でさらせたのに、怜悧くん相手だとどうにも気になる。

　QUEENの部屋に飛び戻って洗面台に向かった。

　広くて綺麗なのもさることながら、鏡がキラキラしたフレームで囲まれて、しかも、誰が用意をしたのか、脇には有名ブランドのロゴが入ったボトルが並んでいる。

　未開封の歯ブラシセットもブラシも石鹸も。

　すごい……、揃いすぎている。

　一文なし、この身ひとつでここへやって来たとしても何不自由なく暮らすことができると思う。

　さっきちらっと見えたベッドだって、異国の王女様が眠るみたいな。小さい頃、おとぎ話で誰もが憧れた、屋根付きのアレ。

　ここで息をするだけでも申し訳なく思っちゃう。

　豪華なモノたちに囲まれながら、いそいそと顔を洗って髪をとかした。

　ほんのり色の付いたリップを塗って、さほど変わらないとわかっていても前髪を何度も整えて、いざKINGの部屋へ。

　どっちにするかすごくすごく迷って、ハムチーズを選んだ。

　ホットミルクを運んできてくれた怜悧くんが席に着いたところで、さっそく手を合わせる。

「いただきますっ」

　私の声と一緒に、テーブルの向かいに座った怜悧くんも同じようにしている。

　礼儀正しいところも変わってないなあとか、些細（ささい）な気づき一つひとつが嬉しい。

　内心かなり舞い上がりながら二口目を食べて、紙カップのホットミルクに手を伸ばした——ときだった。

　顔を上げれば、黒い瞳とぶつかって。

「本田サンさ」

「っ、なんですか」

「なんでうちに転校してきた？」

「っ！」

　——危なかった。

　ごほごほ。むせる。

　あと一歩タイミングが遅かったら、絶対ホットミルクを噴き出してた。

　落ち着け落ち着け落ち着け。

「う、うーんと、一身上（いっしんじょう）の都合で……？　あ、あんまり人には言えない理由があって……」

　あながち間違ってはいない。

「へえ」

　怜悧くんの視線は、あっさりとシーザーチキンサンドへ戻っていく。

　質問に深い意味はなかったらしい。

　転校生にどうして転校してきたのかって、尋ねるのはごく自然なこと。

　私自身に興味があるわけじゃないよね。

　怜悧くんは昔から、友達は多いわりに、他人にあんまり興味なかったもんなあ……。

　女の子に関しても……すごくモテてたのに、浮いた話は聞いたことがなかった。

　女の子がらみのウワサが回ってくるときは、たいてい「怜悧くんが振った」って内容で。

　だからこそ、赤帝高校に来て「京町怜悧には忘れられない女がいる」って聞いたときは動揺したし、本人から「ひとりしか選ばない」って言われたときは、倒れるくらいのダメージを食らった……。

「あの……。京町くんは周りに言われなかったら、ずっとQUEENを指名しないつもりだったの？」

　RED KINGDOMに関しては、まだまだ知らないことが多い。特にQUEENの制度については一番気になるところ。

　真剣に聞いたのに、怜悧くんときたら、頬杖をついて。

「さあ」

「さあ……じゃ、わかんないよ」

　続きを待ったのに、まさかの無視。

　まあそうだよね。

　QUEENの部屋を借りてるだけの女に、ベラベラ話すことじゃないか。

「そ、そういえば、QUEENの部屋すごくてびっくりした！特にベッド、あれって本当のお姫様みたいで……っ。でも、広すぎて落ち着かなさそうだなあ、とか。エヘへ、贅沢（ぜいたく）な悩みを持ちそう」

　話題転換しなきゃと、ひとまず部屋の感想を述べてみる。

「まあアレはふたり用だからな」

「え、ふたり用、」

「この寮は初めからそういうふうに作ってある。古文でも習ったろ、夜は、男が好きな女に会いにいく時間だって」

「な……なんてこと、そうだったの!?」

　そういえば私も習った記憶があるかも……。

「男の人は夜になったら好きな女の人の家を訪ねて、一晩一緒に過ごすんだよね。妻問婚（つまどいこん）っていうんだっけ？　夜の逢瀬（おうせ）ってステキだよね！」

　あの人は今夜来てくれるかしらとか、貴方（あなた）と少しでも長く一緒にいたいから、夜が明けないでほしいとか。

　昔の女の子たちは俳句だったか和歌だったか、そんな切なくて甘い唄（うた）を詠（よ）んでたんだよね。

「夜に好きな人が自分を訪ねてきてくれるなんて、そんな幸せはないよね……」

　つい本音が零れてしまって、咳払（せきばら）いで誤魔化した。

　もしも。

　怜悧くんがQUEENを指名したら、その子のところに毎

晩通って、ふたりで甘い時間を過ごすんだ……。

　ベッドの上で、もっとこっちに来いとか言われて、肩を抱かれて……優しくキスされて。

　甘い言葉を吐く怜悧くんなんか想像もつかないけど、好きな子には特別かもしれない。

　想像したら、なんか、もうだめ。押しつぶされそう。

　美味しいはずのホットサンドも、ちゃんと味わう余裕がなくなってる。

　沈黙が続いて、先に食べ終えた怜悧くんが席を立つまで、ひと言も言葉を発しなかった。

　私も早く食べなきゃと焦って、最後の一口を詰め込もうとしたけど、

「あのさ」

　と、怜悧くんの声がして手を止めた。

「俺もうすぐ出るけど、お前はゆっくり食え」

「また……ヤボヨー……？」

「そうだな」

「何時くらいに帰ってくるの？」

「月曜までには戻る。俺の部屋もQUEENの部屋も自由に使っていい。夜は、好きなほうで寝な」

　そう言いながら洗面台へ歩いていく怜悧くん。

　月曜って……。

　今日は土曜日だから、二日も部屋を空けるってこと？

　REDってなにしてるの、そんなに忙しいの？

　たくさん聞きたいことをぐっと呑み込んで、

「わかった、いってらっしゃい」

　と背中に声をかける。

　寂しいな……。

　ホットミルクを啜（すす）りながら、夜までひとりでなにしようかなってぼうっと考える。

　洗面所の水音が止んで、少し経ってから、今度はクローゼットの開く音がした。

　準備を終えてダイニングに戻ってくるまで、10分ほど。

　部屋を出ていく前、怜悧くんは「誰が来てもドアは絶対開けるな」と言った。

「万が一、ドア越しに俺の居場所を聞かれたら、知らないとだけ答えればいい」

　本当はもっといろんなことを話したかったのに、うん、と小さく頷くことしかできなかった。

　赤帝の制服でもなく、部屋着でも私服でもなく。黒のスーツに身を包んだ怜悧くんが、──ひどく遠い存在に思えたから。

　怜悧くんは本当に２日間戻ってこなかった。

　部屋に誰かが訪ねてくるようなこともなく、平穏だけど孤独な週末はやけに長く感じて。

　──月曜の朝。

　登校すると、楽しそうな笑い声が聞こえてくる。

　人の気配にこれほど安心する日が来るとは、思わなかった。

　人が恋しかった……!!

　今日こそ授業まじめに受けて、高校生らしい生活を送る
んだもんね!

　なんて、ひとりで呑気に考えていた。

　けれど、そんな場合じゃないことに気づいたのが3秒後。

「ねえ聞いた!? QUEENの席が埋まったって……!!」

　言葉の意味を理解したあと、さあああ……と静かに血の
気が引いていくのがわかった。

「えっ。それ流石(さすが)に冗談でしょ?」

「違うってば! 昨日の夜、QUEENの部屋に灯りがつい
てるの見た子がいるんだって!!」

「たまたま幹部の誰かが入ってたとかじゃないの?」

「そう思いたいけどさ〜」

　どうしよう、迂闊(うかつ)だった。

　夜景が綺麗だったから、昨日はカーテンを開けて外を眺
めてたの。

　廊下をすり抜けて、自分の教室へ急ぐ。

　すると、また別のグループの子たちの会話が聞こえてき
た。

「ねえ、新しいQUEENって誰か知ってる!?」

「わかんなーい! でも隣のクラスの子がこの前来た転校
生じゃないかって言ってた」

「あーっ、あれでしょ、女子寮でボヤがあった日に絢人く
んと抜け出してた女!」

「名前なんだっけ? とりあえずあんまりパッとしない女

だった」

　パッとしないと言われようが、今はそんなこと気にしてる場合じゃない。

　そもそも私はQUEENじゃないのに。

　こんなウワサされたら、REDの幹部にも迷惑がかかっちゃうよ……。

　なんとか自分のクラスにたどり着いて、誰にも気づかれませんようにと祈りながら腰を下ろした。

　だけど、透明人間でもない限り、そんなことは不可能なわけで……。

「ねーねー、本田さん。ちょっと聞きたいことがあるんだけどいい？」

　あっという間に５人くらいの女の子に囲まれたかと思えば、棘のある声が降ってくる。

　ウン、やっぱりそうなるよね……。

　大丈夫。

　ボヤで部屋が使えくなったからQUEENの部屋を貸してもらってるだけだって、正直に伝えたら、納得してもらえるはず……。

「おい、聞いてんのかよ！」

　ガンっと椅子を蹴られた。

「聞いてるよっ」

　負けずに答えたけど、ヒエエ怖すぎ。

「あんたさ、どんなせこい手使ったわけー？　転校生だからって優しくしてもらって調子に乗ってんじゃねえって」

「べつになにも、全部なりゆきで……」

「勘違い女って相当イタいからね。気づきな？」

　2回目の椅子ドンを食らって流石に怯みそうになるけど、ぐっと我慢。

「私は、部屋を貸してもらってるだけだよ……っ」

「つーかこいつ、転校してきてからろくに授業も出てないらしいじゃん、ほんとに何様なの」

「っ、ごめん。それについてはちゃんと説明するから、」

「昼休み、4階に上がってるの見た子もいるんだからね。あたしらに嘘とか通用しないから～。ムカつく。マジで逃げんなよ？」

　質問に答えようとしてるのに、聞く耳ナシ。

　口を開けば椅子を蹴られる。

　最初はビクビクしてたけど、あまりにも横暴な相手の態度にふつふつと怒りが沸いてきた。

　この学校の女の子たちはKING——怜悧くんからの指名をもらいたくて必死で、ポッと出の私が幹部のそばにいるのが許せない。

　私が言うのもなんだけど、わかる。それはよーく理解できる。

　逆の立場だったら、少なからず嫉妬しちゃうと思う。

　でも……！

「なんとか言いなよー？」

　肩を乱暴に掴んできた、その手をパンっと振り払った。

「ちょっと黙ってよっ」

　私がそう言葉を放てば、相手の動きが一瞬止まって。

　あ然としたように目を見開く彼女たち。

「は……はあ!?　いきなりなにこいつ、」

「黙ってってって言ったの……!　質問に答えようとしてるのに、うるさくて話もできないじゃん!!」

　ワンテンポ遅れて焦りがやってくる。

　私の望み通り、教室には静寂が訪れたわけだけど……うう。

　もはやこの学校に居場所はないかも。

　なあんて、妙に冷静な頭で考えていたとき。

「やー、ウチのるなこ、やっぱ最高〜」

　地獄のように静かな室内に響いたのは、聞き覚えのある呑気な声と、ぱち、ぱち、という、かなり雑な拍手だった。

　振り向くと、案の定。

　教室の扉にもたれかかっている、にこにこ笑顔の絢人くんを発見。

　それを目にした女子軍団は、条件反射のようにぱっと私から身を引いた。

「嘘、絢人くんいつから……」

　途端にか弱くなる彼女たちの声。

「おれは最初から見てたし、聞いてたよー」

　蚊の鳴くような声だったのに、絢人くんは聞こえたらしい。

「おれさあ、おれより口の悪い女は嫌いなの」

　にこにこ笑顔のまま、こちらに歩み寄ってくる絢人くん。

　その裏にどす黒い殺気のようなものを感じるのは私だけじゃないはず。

　そして、驚くのはまだ早かった。

　絢人くんの後ろから、もうひとり、ふたり、と見知った男の子が現れる。

「QUEEN不在で校内の治安が悪化してるってウワサ、ほんとだったんだ。びっくりするくらい目に余る行為だね」

　ほんのりジャスミンの香り、圧倒的気品と色気を兼ね備えた三好くん。

「クラス棟久々に来たー！　てか、絢人クン、るなたそと一緒のクラスとかずるい!!　僕もこのクラスになりたい!!」

　今日もどでかいヘアクリップ、マイペースに超元気な巫くん。

　教室にいるみんながみんな、あ然と固まってる。

　なんで幹部がここにいるのか、って目が言ってる。

　状況が呑み込めない私をよそに、３人ともこっちに集まってくるけど……。

「ハイどいてー、そっちもどいてー。おれ席に座りたいからどいてー」

　どかっと着席した絢人くん。

　同じクラスの絢人くんはひとまずいいとして、三好くんと巫くんはどうしてここに？

「今日は見逃してあげるけど、今日だけだから。次はないよ、覚えておいて」

　私に突っかかってきた女の子たちに、三好くんがにこり
と諭すと、彼女たちはロボットみたいにコクコクと頷きな
がら退いていく。
「ねえねえあのさー、僕たち見せもんじゃないんだけどー!!
KINGに言われて、るなたその様子を見に来たのー、文句
あるっ!?」
　巫くんはむっとほっぺたをふくらませて周りを睨む。
　慌てて目を逸らすクラスメイトたちを、私はぽかんと見
つめるばかりで……。
　そんな中、椅子にどかっと座った絢人くんが教室を見渡
した。
「るなこの代わりにおれが説明するけどー、るなこはおれ
の下僕なの。使えなくなったら困るから、妙なちょっかい
出さないでね。絶対許さないから」
　えっ下僕!?
　あ、そっか！
　私は弱みを握られて、下僕契約を結んだのだった。
　なんか悔しい気もするけど、これで場が収まるなら安い
もの。
　巫くんが声を上げる。
「僕はね、僕はね～るなたその親友なんだよね！　るなた
そに用があるなら、まずは僕を通してね！」
　う、うええ？
　私たちいつの間に親友に……？
　まあ、いいや……巫くんもこの場を収めようとしてくれ

てるんだよね？

　なんかヘンな汗が出てきて、そして、ついには三好くんまで。

「そうそう、それでいて、チャンるなはオレの４番目の彼女だから。そこのところ把握（はあく）よろしくね」

　そ、そうなんだ……（？）。

　さすがにこれは無理があるというか、誰も信じないと思うけど……！

　ここまできたら笑うしかないような。

　三好くんと巫くんは、それだけ言うと満足そうに帰って行った。

　突然の出来事にどんな顔をしていいかわからない私をよそに、絢人くんは「よかったねーるなこ」なんて呑気に笑ってみせる。

　──それから６限目の授業が終わるまで、誰も私に話しかけてこなかった。

　結果的によかった……のか、な。

　なんにせよ、絢人くんたちは私を助けにきてくれたんだ。

　あとでお礼言わないと……。

「不満そうな顔して。るなこ、おれに下僕呼ばわりされたのがそんなに気に入らなかった？」

「下僕って言われて喜ぶ人いないと思うよ」

「結構つれないよね。そーいうの、おれ大好き」

　またテキトウなこと言って……。

　絢人くんの扱いもちょっと慣れてきた。

REDの幹部って、ほんと、自由人しかいないみたい。

「せっかくできそうだった友達も、また離れてって。まあ、るなことしてはいい気分じゃないだろうね、そりゃあ」

「いやでも、助けてもらわなかったら、私あのまま延々と椅子を蹴られてたかもしれないし……」

「おれたちも３人がかりで牽制して、やりすぎたとは思うよー。けど本来、QUEENには指一本だって触れさせないもんだし」

トーンを落として、それこそ諭すようにそう言った。

REDの話をするときの絢人くんって、やっぱり真剣な顔をしてる。

それほどREDは絢人くんにとって大事な場所なんだろうな……。

かと思えば、

「ま、るなこはQUEENじゃなくておれの下僕だけど」

屈託のない笑顔を見せてくるから。

ちっとも憎めないなあとつくづく思った。

――夜。

月曜には戻るって言った怜悧くんは、まだ部屋にいなかった。

そして、私はQUEENの部屋に入ることができなかった。

だって、QUEENの部屋に灯りをつけたら、また今日みたいな騒ぎになるかもしれない。

中にいるのが転校生の本田月だって、すでに大勢にバレ

ていたとしても、灯りがついてたら、また女の子たちを煽っちゃうだろうし……。

お風呂に入ったあと、急いで課題に取りかかった。

課題さえ終われば、あとは自分の部屋で眠るだけ。

手探りでベッドまでたどりつくことができたら、真っ暗でも問題なし。

課題が終わるまで、この部屋の灯りだけ借りさせてください、怜悧くん……。

——そう意気込んで、15分後。

数学の教科書を開いたまま、私は放心していた。

明日の数学では、みんなの前で回答しなきゃいけないのに、運悪くも、単元で一番難しい大問5が当たる。

ネットで解き方を調べてみようかなとスマホを開いたものの、似た例題が見つけられずに撃沈。

挙句には、あまりにわからなさすぎて眠気が襲ってくる始末で。

「そうだ、作業用BGM流そう……」

動画サイトで集中力が上がる音源を検索して流してみたのに、嘘ばっかり。

子守唄みたいな優しいメロディに包まれて、眠気は極限までやってきた。

うう……。

ぐらんと頭が揺れる。

ちょっとだけ、眠ろうかな……。

　ちょっとだけ、と言い聞かせて、瞳を閉じた——瞬間に
もうだめだった。
　意識がぷつんと切れて、あっという間に深い深い眠りへ
落ちていく。

「——月？……なんで俺の部屋に、」

　怜悧くんが帰ってきたことにも気づかなかった。
　真夜中。
　心地いい体温を感じて、目が覚めるまでは。

悪魔の誘惑

　ムスクの甘い香り。

　視界は真っ暗……でも、布越しに伝わるのは間違いなく人の温かさ。

　──ばくん。

　心臓が大きく跳ねたと同時、頭が覚醒する。

　な……なっ、怜悧くんがいる……‼

　このふかふか加減……ここはベッドに違いない。

　私、さっきまで課題やってなかったっけ？

　やってたよね、大問5を解こうとしてたもん。

　どうして一緒に寝て……、ううん、経緯なんてどうでもいい。

　この部屋、酸素濃度が低すぎるんじゃないかって思う。

　運動したわけでもないのに、はあはあ、呼吸は乱れていく一方。

　大きく吸って吐いてを繰り返すけど、そろそろ息ができないよ。

　理由は距離が近すぎるってだけじゃない。

　びっくりした反動で、飛び退きそうになったのに、私の体はびくともしない。

　怜悧くんの片腕に……強く抱きしめられてるから。

　息は上がるし体温も上がるし、このまま何事もなかったかのように隣で再び眠りにつくなんてムリがある。

どうしよう、大問5……。

好きな人の腕に中にいる幸せと天秤にかける。

大問5を解くためには、この腕をすり抜けてテーブルに戻らなきゃいけない。

でも、ぴったりくっついた体を強引に離したら、怜悧くんが起きちゃうかもしれないよね。

どき、どき……。

たぶん無意識に私を抱きしめたんだと思う。

抱き枕みたいな感覚で。

胸が苦しいから離れたいのに、怜悧くんの体温はずっと感じていたい。

そんなときだった。

——ヴーッ、ヴーッと、スマホのバイブ音が鳴ったのは。

わっ、電話!?

そして次の瞬間、私を抱きしめていた腕の力が弱くなる。

怜悧くんがスマホを掴む。

画面の光でベッドの周辺が照らされて、そんなぼんやりとした明るさの中で視線がからんだ。

「っ、」

寝起きとは思えないほど、怜悧くんの黒い瞳がはっきりと私を捉えている。

指先が通話ボタンに触れるまでの数秒間は、永遠にも思えて——息をするのも忘れそうだった。

「……はい」

電話に出た声は少し掠れていて、それが胸の奥を甘くく

すぐる。

「そうですね。黒帝が最近やけに大人しいのも気になります
が、今回は恐らく無関係だろうと。……はい、情報が入
り次第また連絡を入れます。ああ、それと別件で申し訳な
いのですが──」

　敬語で話してる……。

　なんか知らない人みたいで、寂しいのと、ちょっと怖い
のと。

　邪魔したら申し訳ないとも思って、少しずつ距離をとる。

　そろり、音を立てないようにベッドを降りようとすれば、
手首を掴まれた。

　え……。

　びっくりして、掴まれた部分と怜悧くんの目を交互に見
つめる。

　そうしているうちに通話は終了して。

「どこ行く気だ」

「んえ、ええと、QUEENの部屋に戻ろうかと」

「わざわざ冷たい布団に行かなくてもいいだろ」

「……、それは」

　そ、それはどう解釈したらいいの?

　一緒に寝ろと……言っているようにしか聞こえないんだ
けど、違ったら恥ずかしいし?

　私の妄想フィルターがそうさせてるのかもしれないし?

「こっち来な」

「ひゃっ……」

　私を抱き寄せて、体重をかける。

　ふたりでベッドになだれ込む体勢になった。

　やっ、もうだめ……！

　視界がぐるぐるするいつもの現象に陥る。

　こうなったら最後、私はポンコツまっしぐら。

　冷静な判断なんてできないし、大事な理性とやらも、どこかに放り投げそうになっちゃう。

「い、一緒に眠るの……っ？」

「暴れるな落ちる、」

　戸惑いから突き飛ばしそうになるのを、静かに制された。

　必然的に怜悧くんの力は強まるわけで、そうすると私の脳は抱きしめられていると勘違いを起こし、どうしてか、どうしてか——怜悧くんの背中に、腕を回してしまった。

　な、に、やって……るんだろう。

　離れようとしてたはずが、さっきよりも距離が近くなってる。

「……ま、間違えました……」

　怜悧くんを抱きしめてしまった愚かな手を、ゆっくり引っ込めようとすれば、どうしてか途中で捕まってしまった。

「手ちっさ……」

「っ、ぅ」

　確かめるみたいに暗闇でじっくりと輪郭をなぞられて。

　いったん離れたかと思えば、またからまって。今度は私に確かめさせようとする。

　怜悧くんの手が大きいの、見えないのにわかる……。

　見えないのに……目が合ってるってこともわかる。

「前も言ったけど寝るならベッドで寝ろよ」

「ああ、えっと、そうしなきゃって思うんだけど、課題をやってたら、究極に眠くなって……我慢できなくて」

「……、警戒心って言葉知ってるか？」

「う？　ん、知っ……てる」

「テーブルにあったの、確か数学の課題だったな」

「そ、そうなの。……明日の授業で当てられるから、解かなきゃと思って。それで、結局解けないまま眠っちゃったみたいで、やばやばすぎて、アハハ」

　自分でわかるくらい声が震えてる。

　言葉も詰まり詰まり。

　そうじゃん、私は大問5を放置するわけにはいかない。

　急に現実が見えてきて、ぽわんとしてた脳内がちょっとだけ冴えた。

「私、もっかい解いてみるね、」

「起きなくていい」

「やっ、でも」

「もう電気消してんだからよせ。それにな、さっきわかんなかったならどーせ今もわかんねえよ」

　う……っ確かに。

　怜悧くんが眠ってる横で電気つけるのは迷惑だし、なんせ解ける気がしない。

「じゃあ……じゃあ明日、解けませんでしたって先生に正

直に言う、」

「ああ、そうしろ。……真面目なのもいいけどな」

　ふと、ほっぺたに怜悧くんの手が触れた。

「っ！」

　暗いから間違って当たったんだと思ったのに、離れていく様子はなく。

　え……。

　触れた部分が燃えそうなくらい熱い。

　不思議なことに、さっきまであんなに硬直してた体から、だんだんと力が抜けていく。

　鼓動は変わらず激しいビートを刻み続けているのに、ヘンな感じ。

　――ドッドッドッ。

　心臓が耳元に移動したんじゃないかってくらい爆音で聞こえる気もするし、どこか遠くで聞いているような感覚でもある。

　飲んだこともないけど、お酒に酔ったらこんな感じなのかなあと思う。

　うっとり、とろけちゃいそうな。

　私の妄想フィルターが外れていないのかもしれない。

　甘いムードを感じるのは……勘違いだよね……。

「きょう、まちくん」

　勘違いは勘違いで終わると思ってた。

　そう、二度も三度も夢みたいなシチュエーションは訪れないだろうって……。

　　——なのに。

「……ん、」

　気づいたら唇が重なっていて。

　——その瞬間から、明日の数学への不安も息が詰まりそうな緊張も全部どこかへ消え去った。

　静かに押し当てられた1回目。

　伝わった熱が離れるのが寂しくて、無意識に追いかけそうになる。

　それをわかっていたみたいに、少し角度を変えて、ちょっとだけ深い2回目が落ちてくる。

「や……ぅ」

　怜悧くんの服を掴んだのは無意識。

　甘い感覚だけが体を満たしていく。

　怜悧くんは女の人の扱いに慣れてるって、巫くんたちが言ってたっけ……。

　普段は女の人に対して酷い態度をとってるって話だったけど、本当なのか、もはや疑わしい。

　こんなに丁寧に扱われたら、例えどんなにお堅い女の子でもカンタンに落ちちゃうと思うんだ。

　少女漫画のキスシーンを見て、よくひとりでどきどきしてた。

　Ｓっ気のあるヒーローが「口、開けて」って意地悪く言うシーンが中でも好きだったけど、怜悧くんはそんなこと言わないし、そして強引にこじ開けてくるでもなく。

なのに……、

「や……ん、ぅ」

　気づかないうちに入り込んできた熱が、甘い痺れをもたらした。

　受け入れるっていうより、私が誘ったって表現が正しいかもしれない。

　どちらにせよ無意識。

　ギリギリのギリギリまで優しく攻めて、それ以上は決して与えず。

　たまらないもどかしさに、もっと深くまで欲しいって。最終的には私に強請（ねだ）らせるんだから酷いと思う。

　暗闇に目が慣れてきた。

　怜悧くんはどんな表情してるのかなって、こっそり見つめようとしたら、決まってすぐにキスされる。

　ぼんやり……。

　これじゃあ、近すぎて焦点が合わないよ。

　ぽーっとした頭で何度目かわからないキスを受けて、"くらくら"が"ぐらぐら"になって。

　そろそろ酸素ボンベが必要だ……と考え始めた頃、ベッドで向かい合ってたはずなのに、怜悧くんの体が、いつの間にか私の上にあることに気づいた。

「なんでぜんぜん抵抗しねーの、」

「っ、ひゃぅ」

　首筋。

「慣れてんのか……それとも男の押しに弱いのか」

　肩。

「顔がよく見えねえからわかんねーな」

　胸元……。

　──えっ、胸元？

　い、いつの間にはだ……はだけてたの!?

「ま、京町く……待っ、て」

「手どけろ、邪魔」

「や、やぁっ……うう」

「はあ、……ほんと、カワイーねお前」

　え……。

　どくり、と脈が跳ねる。

　今なんて。

　……空耳……。

　恥ずかしいのか嬉しいのか、戸惑いなのか、なんなのかわからない熱い涙がじわりと浮かぶ。

　怜悧くんが言ったこと。

　慣れてるのか男の押しに弱いのか。

　どっちも違う。

　怜悧くんだからだよって、好きだからだよって、言えたらいいのに……。

　そうしているうちにも、いろんなところに怜悧くんの熱が伝わって、なにかを話す余裕もなくなった。

　というか……唇を噛んでないと、ヘンな声が出そうなんだもん……っ。

　呼吸も危ういのに、怜悧くんは、優しい刺激を止めてく

れないから……。

このまま、しちゃう、のかな……。

好きな人にとびきり甘やかされたいって、思うのが女の子だよ。

でも……。

期待と不安が天秤にかかって、ゆらゆら揺れている状態を保ってる。

一回でいいから、怜悧くんと恋人みたいなことしてみたかった。

でも、怜悧くんは違うじゃん。

忘れられない子がいるから……。

取り急ぎQUEENの穴埋めになっただけの私じゃ……意味がないよ。

「や……、っぱり、だめ……だよ」

私の肌を優しくなぞっていた手が、ぴたりと止まる。

止まっただけで離れることはしない。

そこにもどかしい熱が生まれて、口にするのを一瞬躊躇いそうになる。

「これ以上は、もう……」

「……、怖かったか？」

「ううん……、ただ、こういうのは……好きな人としたほうが、いい、と思う……から」

好きな気持ちと期待を頑張って押し殺して、最後まで紡いだ。

「……わかった。悪かったな」

　　自分で選んだことなのに、ゆっくりと怜悧くんの手が離れていくのを、悲しいと思ってしまった。

　　次の日の朝。
　　目が覚めたら怜悧くんの姿はなかった。
　　昨日のことはなるべく考えない。
　　まずは数学の課題をやらなきゃと、テーブルに向かった瞬間。
　　びっくりしていったん思考が止まった。
　　真っ白だったはずの数学ノート。
「え……あれっ？」
　　大問5、という私の投げやりな文字の下に
　　ずらりと綺麗な数式。
　　なんで……。
　　昨日の熱を思い出してしまう。
　　ぽたっと、床に落ちたのは。
　　同じ温度の涙。
「────」

「へー、るなこやるじゃん。おれ、るなこはもっとバカだと思ってた」
　　運命の数学の時間。
　　自分で解いたわけじゃないから、やっぱりわかりませんでしたって言おうかとも思った。
　　でも、せっかく怜悧くんが残してくれた優しさをなかっ

たことにするのがいやで……結果、先生に褒められたのは
いいものの。

「あれは教えてもらった答えだから……絢人くんの言うと
おり、私バカだと思う。自力で大問５なんて解けないよ」

「ふうん。でも褒められたんだからいいでしょー。なんで
そんなしんきくさい顔してんの、こっちまでテンション下
がる」

　うっとうしそうに言い放つ絢人くん。

　私、しんきくさい顔してたんだ……。

「なに、やっぱ友達いないから落ち込んでんの」

　違うけど……まあ、そういうことにしておこう。

「うん、そんな感じかなあ」

　あーそ。って。

　興味なさげに頬杖をついて、絢人くんは窓の外を見る。

「絢人くん、授業聞かなくていいの？」

「おれはるなこがいるから教室に来てるだけ。REDの幹部
は単位取れれば問題ないしー」

「でも単位取るには出席日数とか……」

「そんなん言ってたら、おれたちみーんな留年すること
になるけど？　特に怜悧くんと三好はね」

「……特別扱いなんだ？」

「ちゃんと進級テスト受けてまーす。ていうか、おれたち
はむしろ、教室に頻繁に出入りするのを禁じられてる立場
なのでねえ」

　ああ、そうだったね。

　進級テスト──REDの幹部が受けてるって思うと、なんか笑ってしまう。

　でも出席日数とか関係なしに単位取れるってことは……要は特別扱いってことに変わりはないよね。

「それよりるなこ。このあと、４階のあの部屋に集合でよろしく」

「えっ、またなんかゲームするの？　ご存知の通り、私はババ抜きしかできないけど……」

「その、遊びもろくに知らないるなこちゃんに、もっとREDのことを理解してもらおうって企画が進行してるんです」

　私のための集会ってこと……？

　面倒くさそうな様子を見る限り、提案者はぜったいに絢人くんじゃないんだろうけど。

「ちなみに豪華お弁当注文済み」

「はっ、それは行くしか」

「たらふく食いな。もっと肉つけて、おれ好みの体になってね」

「絢人くんの好みとか知らないけど、お弁当楽しみ！」

　美味しいお弁当を想像してお腹が鳴りかけたタイミングで、キーンコーンとチャイムの音。

　絢人くんとふたりで教室を出る私を、クラスメイトたちが控えめに、でも強い視線で見ていた。

　──赤帝高校４階。

　ロの字型のテーブル。

　全7席ある中、12時40分時点で集まっていたのは私を含めて4人。

　三好くん、絢人くん、巫くん。

「また怜悧クンがいないー！　最近忙しそうだよね、僕もつれてってほしいのに！　寂しいの嫌いだもん〜。るなたそがいるからいいけど！」

　盛大なため息をつきながら、巫くんはどうしてか私の腕にからみついてくる。

「はあ、るなたそ……」

「なあに？」

「怜悧クンばっかりするい、僕の部屋にも欲しい、るなたそもう1台」

「台……」

　私は機械か何かなの……？

　面倒だから突っ込まないでおく。

「夕市だめ。るなこはおれの下僕って言ったでしょー」

「チャンるなはオレの彼女でもあるの忘れないでね、4番目だけど」

　ぐええ……3方向から引っ張られて、体があっちに行ったりこっちに行ったり。

　あの設定、まだ生きてたの……？

　おかげでいじめられなくて済んでるけど、茶番劇いつまで続けるつもりなんだろう。

「3人とも離れて……お弁当が冷めちゃうよ」

　いーやーだーと、大げさにだだをこねる３人。

　完全に面白がってる……。

　やっぱり怜悧くんがいないとめちゃくちゃだな、この人たち……。

　制服が裂けそうな危険を感じたから、無理やり引き剥がして席に着かせた。

　さあさあお弁当。

　蓋(ふた)を開けるとそこには──。

「わあ、ローストビーフだ……！」

　豪華お弁当って本当だったんだ……。

　うーん、やわらかいお肉さいこうっ。

「あ、るなこが元気になった」

「えっなになに、るなたそ、今日もしかして元気なかったの!?　僕のお肉もいる!?」

「食い気のある女の子ってそそるよね、ほらもっと食べな」

　お箸(はし)の反対を使って、１枚、２枚と積み重ねられていくローストビーフ。

　と、とんでもなく甘やかされている……。

　……食の面から。

「さすがにもういいよっ」

「体力つけるには肉が一番なのに」

「いや……私はべつにそこまで体力求めてないし……」

「女の子にも体力は必要だよ、チャンるな。……ね、黒土も巫もそう思うでしょ」

　ふたりともしっかり頷いてるけどさあ、体力なんて人並

みにあればいいよね？

　不良みたく、毎日殴り合いの喧嘩をするわけでもあるまいし。

　ん？　喧嘩……？

「REDのQUEENって、もしや敵対するチームと戦ったりも……する……？」

　直後笑い飛ばされて、あ、違うんだと。

「ハハ、チャンるな想像力豊かでほんと面白～い」

「るなたそ、絶対喧嘩よわーい！」

「QUEENには指一本触れさせちゃだめだって前にも教えたじゃん、るなこ話聞いてなーい」

　騒がしい三人には、はいはいとテキトウに相づちを打って、ローストビーフを食べることに集中する。

　指一本触れさせない……かあ。

　私が本当のQUEENだったらの話、ね。

　KINGから愛を与えられるのも、幹部から命がけで守られるのも、本当のQUEENだけ。

「で、るなたそはなんで元気なかったの？」

「女友達が欲しいらしーよ」

　私の代わりに綺人くんが勝手に答える。

　うん、そういうことにしてた。でも、女の子の友達がほしいのは本当。

　もう無理だろうけど、心の底から求めてる……。

「女の子のいざこざは男より面倒だから、オレはおすすめしないよ」

「そうだよー！　僕たちがいるじゃーん！　それじゃだめ
なのっ!?」
「だめだから、るなこは悩んでるんでしょ」
「だ、だめってわけじゃないけど！」
　絢人くんたちがいなかったら、今もひとりで過ごしてた
だろうし、むしろ感謝しかない。
「るなこに友達がいないのは、おれたちのせいでもあるか
らさー？」
「てか100パーセント僕たちのせい！」
「なら、いくらでも方法はあるよ。女の子なんてみんな簡
単だから」
　にこ、と微笑んだ三好くん。ピアスが優雅に揺れる。
「そーそ。女は欲望のかたまり。おれたちが原因で友達が
いないんなら、おれたちをダシにすれば真逆の効果が得ら
れる」
「おおーっ、なるほど！　確かに確かに！」
「ええと、どういう……」
　追いつかない私を置いて、
「ということで。オレたちのこと、特別に教えてあげるね」
　それは、突然始まった……。
　さっきまでふざけてたはずの３人の表情が、心なしか真
剣なものに変わった、ような気がした。

「はいこれ。オレたちの極秘情報が入ったファイル。まず
は名簿からいこうか」

　私の方へ向けて、鍵付きの真っ赤なファイルが差し出される。ざっと上から目を通した。

===========================

壱 KING：総長
京町怜悧

弐 QUEEN：
※空席

参 JACK：警固
三好恭悟

肆 JOKER：内偵
黒土絢人

伍 ACE：特攻
巫夕市

陸 ELDEST：
※空席

漆 DEALER：参謀
七原了

===========================

「ななはら、りょう……？　さんって、私会ったことない な……」

「うん、りょークンは入院してるんだっ」

「え……喧嘩で怪我をしたとか？」

「ううん、もともと病弱なのさ！　子どものころから入退 院を繰り返してて……。でもちょくちょく帰ってくるから、 いつかるなたそにも会わせられると思う！」

　入退院を繰り返すって……そうとう苦しいんだろうな。

「ちなみに了くんは、オレたちの１コ上だよ」

「そうなんだ、唯一の先輩だね」

　あ！　怜悧くんが言ってた、私がまだ会ったことがなく て、同級生じゃないメンバーってこの人のことだったんだ。

「りょークンは病弱だけど、さいきょーなんだよー！ REDの伝説なんだもんねー！」

「伝説……？」

「うん！　そしてその伝説のりょークンがKINGに指名し たのが、怜悧クンなの！」

　いったいなんの伝説なのかはわからないけど、七原了さ んがすごいのは伝わった。

　そんな人に指名される怜悧くんも、私の思っている以上 にすごいのかもしれない。

「警固、内偵、特攻、参謀……。なんていうか、みんな、 それぞれ役割があるんだね」

「まあねっ。RED KINGDOMはもともとトランプになぞ らえてつくられた組織だから、役職名もなんとなくそれっ

ぽいんだよね。　僕のACEも、なんか特攻!!って感じがす
るでしょ。守らなきゃいけない伝統ってやつだよねー!」

　そのあと、ひとりひとりの役割について交代で説明して
くれた。

　三好くんがクラス棟に下りてくることがないと言われて
いた理由もわかった。

　JACK──警固の役割は、4階のエリアの完璧な防衛。

　私がなにも知らずにエレベーターを使ったとき、目の前
に三好くんがいたのは偶然じゃなく、常に監視されていた
からなんだと知る。

「門番は基本的にその場から動くことは許されない。さい
こーにつまんないけど、一番大事とも言えるポジションだ
よな」

　お。絢人くんが珍しく三好くんにからんだ。

「ま、三好が基本的に4階から出られないのには、まだ理
由があるんだけど」

　横目で三好くんを見ながら、にやりと笑う。

　三好くんはひょいと肩をすくめてみせた。

「そうだね。みんなは学校側から、一般生徒との関りを"な
るべく"禁じられてるけど、オレは"完全に"禁止されて
る」

　転校初日に三好くんが職員室までついてきてくれたと
き、みんなから幽霊でも見るような目を向けられていたの
を思い出した。

　どうして?

　むしろ、３人の中で三好くんが一番常識人に見えるんだけど………。

「恭悟クンは女の子のこと壊しちゃうからねー！」

「壊す？」

「ずぶずぶに優しくして～泣かせて～依存でおかしくさせるのが～恭悟クンの得意技なんだよねっ」

「オレは普通に接してるだけだよ」

「ほらねっ、この無自覚発言もやばいのさ～！　現に１年生のとき、ひとりの女の子を退学にまで追い込んでるんだからね！」

　三好くんが瞼(まぶた)を伏せる。

「その件については反省してる。以来オレなりにちゃんとしてるつもり……校内の子とは遊んでないよ」

　再び視線を上げた三好くんと目が合った。

「チャンるなのクラスの担任は、去年、オレのせいで退学した子の担任だったんだよ」

　あ……そうだったんだ。

　だから、職員室で三好くんを見たとき、あんなに怯えたような態度をとって……。

「るなこ知ってるー？　三好の彼女はぜったい２番目からだって」

「……？　２番目から、とは？」

「例えば、三好と付き合ってる女が２人いたとして。それは１番目と２番目じゃなくて、２番目と３番目って数え方なわけ」

「は、はあ……」

　１番がいない……。

「つまり、本命の枠は無いも同じってこと？」

「チャンるな。それ黒土のでたらめだから信じないでね。ちなみに黒土は金の亡者だから、あんまり近寄らないほうがいいよ」

「え、ええ……？」

　どっちを信じたらいいのやら。

「要するに、恭悟クンは女クズ、絢人クンは金クズ！　そーいうことだよねー！　似た者同士の仲良しさんっ！」

　う、ううん……。

　ふたりとも不服そうだけど、私から見ても、相性が悪いわけではないと思うんだよね……。

　そういえばこの前、「絢人くんには気をつけて」って言ってたのは……お金の亡者だからって……そういう意味だったのかな。

「おれが楽しんでるのは金の収集じゃなくて、賭け事なんだけどー？　ギャンブルは奥が深いんだよ、そして、傍観側に回るのもまた一興」

「あ、確かにー！　絢人クン、去年の地方選挙ではしゃいでたよねーっ」

「選挙？　絢人くんって意外と政治に興味あるんだ」

「違う違う！　絢人クンが楽しんでたのはー、その裏で進行してたギャンブルのこと！」

　当人より、説明してくれる巫くんのほうがすごく楽しそ

うに喋ってる。

「るなこは知らないでしょ。毎年、世間が投票率がどうとか騒いでる裏では、ギャンブル狂たちによって莫大な金が動かされてるんだよ。それはもう、るなこの想像を絶する額がね」

「僕もびっくりしたー！　地方選であれだもん、国政選なんかもっとすごいよー！」

「へ、へえー、すごいんだね」

　なんてありきたりな返事しか出てこない。

　生きてる世界が違うと世間話にすら、こうもズレが生じるものなんだって、びっくりして、相づちでしか会話に交ざれないんだもん。

　そうこうしているうちに時間はまたたく間に過ぎて、お昼休み終了まであと5分となっていた。

　ローストビーフを食べ切らなきゃと無言でもぐもぐ頬張る私をよそに、3人とものんびりまったり会話を続けている。

　三好くんと巫くんはいいとして。

「絢人くん、5限目受けないの？」

「午後は眠くなる……るなこ膝枕」

「いやだよ」

「下僕のくせに生意気すぎー」

「授業の時間は言うこときかない。ひとりで寝ててっ」

　はあ、と大きなため息。

「おれの下僕、ほんとにつれない。可愛くなさすぎていっ

そ可愛いわ」

　絢人くんって皮肉大好きだよね。

　ごちそうさまでした、と手を合わせたときだった。

「ごめん電話。京町から」

　私が立つのと同じタイミングで、三好くんのスマホが鳴る。

　怜悧くん……。

　忙しいって話だったけど、今なにしてるんだろう。

「そーいえばさあ、最近、黒帝大人しいよね!?　連中の姿もぜんぜん見ないし……情報も入ってこない」

　電話から三好くんが戻ってくると、巫くんがテーブルから身を乗り出してそう言った。

「京町からもその件だったよ。本来なら今日が黒帝の集会日のはずだけど、大人しすぎるから警戒しろって」

「まさか潰れたわけじゃないだろうし、静かなの、逆に怖い!」

「そんなに慌てなくても、連中が動くのは夜でしょー。昼くらいはゆっくり寝てようや」

「んもう、絢人クンは危機感なさすぎ!　なにか起こってからじゃ遅いんだからねー!」

　黒帝って……。

　そういえば怜悧くんも昨日言ってたような。

「ねえ、黒帝って帝区の反対側にある黒帝高校のこと?」

　帝区に存在する２つの高校──私立赤帝高校と市立黒帝高校。街の端と端に建つ両校。

　怜悧くんがどっちにいるかわからなかったから、とんでもなく悩んだ末、赤帝に賭けて、無事に再会することができたわけだけど……。

「そーそ、黒帝！　の、BLACK KINGDOMのこと!!　あいつらチョー最低なんだよーっ。人でなしのゴミ野郎なんだよっ、女にも容赦ないしっ、帝区汚してるのは、間違いなくあいつら!!」

「巫、落ち着いて」

「赤帝の男子寮襲撃するわ、うちの女子生徒をいけないことに利用するわで……！　ほんっと、地獄に落ちればいいのに！」

　止まらない巫くん。

　黒帝は人でなしのゴミ野郎……女にも容赦ない……。

　よ、よかった……。

　赤帝高校を選んでよかった……かも。

　それにしても巫くんのこの怒り具合……。

　黒帝って、そうとう危ない予感。

「すごく仲悪いんだね……。RED KINGDOMとBLACK KINGDOM って、名前も似てるのに」

「似てるのは、そりゃあ、……っ──、」

　そう言いかけた巫くんがうつむいた。

「もともとオレらは "KINGDOM" っていう１つの組織だったからね」

　代わりに答えたのは三好くん。

「１つの組織だったって……えっ！」

「と言っても、かなり昔の話だけど。過去に内部で諍いが
起こって、２つに分裂してできたのが今のREDと
BLACK。当然、当時の勢力は今よりも凄まじかった」

　そんな過去が……。

　バンドの解散じゃないけど、方向性の違いって感じなの
かな。

　正統派か過激派か……みたいな。

　REDが正統派なのかは……わからないけど。

「そんでさー！　BLACKのKINGがほんとにおっかなく
て、悪の使いだと思うんだよねっ。ああいうやつって一生
人を愛せないと思うんだよねっ、松葉千広って名前なんだ
けど!!」

　巫くんの怒りは止まることを知らない。

　BLACK KINGDOM のKING……。

　まつば、ちひろ……。

　頭の中で復唱して、今度こそ席を立つ。

　危ない、授業遅れちゃう……！　これ以上サボるのは本
当にだめだ。

「るなこ、友達作るの頑張ってね」

「あ、う、うん……頑張る」

「そうそう。おれは激しい女が好きって言っておいてよ。
あの、お団子２つのっけた髪の子にさ」

「っ！」

　私があの子に、絢人くんのタイプを聞かれたこと知って
だんだ……！

「あ、ありがとう絢人くん！　激しい女の子って……どんな子かイマイチよくわかんないけど」

「そのまんまの意味だよ。おれは無難に生きてる女は嫌いなのー。じゃあよろしくー」

　クラスの女の子たちと話すきっかけをくれた。

　なんだかんだで優しいよね。タイミングが来たら大事に使わせてもらおう……。

　──キーンコーンと、始業5分前の予鈴が鳴る。

　クラス階に下りた瞬間から、痛いほど感じる視線。

　孤独な状況ではあるものの、もう隅を隠れるように歩いたりはしなかった。

　お昼休みに、みんなと過ごして楽しかったから……。

　この先友達ができなかったとしても、絢人くんたちがいるから大丈夫だと思った。

　本当のQUEENが現れて、いずれは疎遠になる関係だとしても……。

崩れゆく城

「激しい子……かあ。それってギャルってこと!?　どうか
な、うち当てはまってる!?」
　休み時間、お団子ツインテールちゃんたちに勇気を出し
て話しかけた。
「あんた髪型派手やし、アタックしたらイケるんとちゃ
う?」
「いや、普通に考えてテクニックの話なんじゃないの?」
　て、テクニックって……。
「黒土くん、案外、夜は攻めてくれる子が好きとかっ!?」
　な、なるほど。
　そういう考え方もあったのか……っ。
「アハハ〜本田ちゃん顔真っ赤。そういやあ、本田ちゃん
は好きな人おるん〜?」
「あ、それ気になる〜。黒土くんだったら困るけど、他の
人ならぜんぜん応援するよ!　今度は一緒にお昼食べよう
よ〜」
「え、いい、の?」
「もちろん〜。本田ちゃん強いし面白いし、友達になれた
らいいねーってみんなで話してたんだよ」
　ううう、うれしい……!
　勇気出してよかった。
　これも綾人くんのおかげだ……!

　終礼で起立、気をつけ、礼の「礼」をするやいなや、私はカバンを持って幹部寮まで猛ダッシュした。

　なぜなら、怜悧くんが帰って来る前にお風呂に入らなきゃいけないから……！

　灯りがなくてもQUEENの部屋で過ごすことはできる。

　でも、お風呂だけはKINGの部屋にしかないんだもん。

　鉢合わせしないように、さっさと借りて、髪を乾かして、QUEENの部屋でひっそり過ごすの。

　今日は朝から怜悧くん不在で、忙しいみたいだし……まだ帰ってこないよね……？

　怜悧くんが帰ってきたらどんな顔をして、どんな態度をとろうかと、頭の中はそればっかり。

　シャワーを浴びていても、常に玄関のほうに聞き耳を立てて、気が気じゃない。

　「いいお湯だった～」なんてゆったりする余裕もなく、体を拭いて、ささっと部屋着に着替える。

　かかった時間、わずか１分ほど。

　よかった、帰ってこなかったー！

　ほっと安心、洗面台を出た──ときだった。

　──ピピッ。

　電子音に、体が硬直する。

　この音は……部屋のキー解除の音。

　ま、まずいまずい!!

　早くQUEENの部屋に戻んなきゃ……っ。

　あたふたするも、あと１歩、間に合わなかった。

　ばたん、開いた扉が閉まる音。

　扉とお風呂場は目と鼻の先。

　んああ、私、ブラ付けてないよ。

　だってもう、QUEENの部屋で過ごすだけのつもりだったんだもん。

　でも、だ、大丈夫……。

　お風呂借りること自体はやましいことじゃないし、怜悧くんもわかってることだし。

　それとなく「おかえり、お疲れさま」って……。

　心臓ばくばくで怜悧くんの姿が見えるのを待つ。

　だけど……姿は現れず。

「……京町くん？」

　玄関を覗きに行こうと足を踏み出したのと、──どんって、鈍い──人が、倒れるみたいな音がしたのは、ほぼ同時だった。

「れ……怜悧くん、？」

　力なく横たわった体。

　頭が真っ白になる。

　な、に……どうしたらいいの、どうしよう。

　手にも足にも力が入らないまま、やっとのことでそばにしゃがみ込む。

　白いシャツに付いていたのは……血？

　肩のところからにじんだ赤が徐々に広がっていく。

「けが……怪我してるの……？」

　ただの喧嘩で肩から、こんなに血が出ることって、ある

の……？

　止血しなきゃ……なにか、布とか……っ。

　急いでお風呂場に向うと、タオルを手に戻った。

「体、ちょっとだけ起こせる……？」

　うっすらと開いた瞳。

「……大げさだな」

「だって血が出てるんだよっ？」

「ちょっと切れただけだ。すぐに止まる」

　それより、と怜悧くんが私の手を掴んだ。

「水、持ってきてくんない」

「っ、うん、待っててね……！」

　キッチンに、ダンボールに入ったペットボトルが積まれてたはず。

　１本持ってくると、差し出した。

「自分で飲める？」

「お前が飲ませてくれるんなら、それでもいーな」

「し、真剣に聞いてるんだけど」

　からかっただけらしい。

　小さく笑うと、反対の手でボトルを掴んだ。

　元気そうに見えるけど……さっき触れたとき、体が熱かった。

　お風呂上がりの私が熱いって感じるくらいだから、そうとう熱い。

「すごい熱があるんじゃないの？　とりあえず……ベッド行こ……？」

「……、」

「え……大丈夫？　もしかして返事もできないくらい、しんどいとか？　きゅ、救急車とか、呼んだほうがいいのかな……っ？」

「いやいい」

「でも……」

「むしろ今ので健康を実感した」

　床に手をついて、ゆっくりと立ち上がる怜悧くん。

「あ、あの無理しないでね、肩を貸そうか？」

「……お前、さあ、ほんとに……。警戒心って言葉知ってんの……」

「それくらいわかるよ。知らない人にはついて行かないし、行きすぎた親切もしないけど、れい──京町くんは知らない人じゃないから、」

「ああ……そう」

　深いため息は、体調の悪さから出たものか、あきれからなのか、わからなかった。

「もうへーきだから、お前は自分の部屋に戻れ」

「でも、血は」

「もう止まった」

　嘘だ……。

「熱は、」

「大したことない」

「私にできることは……」

「ない……、から、部屋戻れ。……疲れたときはひとりで

眠りてぇんだよ」

　そこまで言われたら、素直に従うしかない。

　けど。

「止血と消毒だけはさせて……。そしたら、大人しく部屋
に戻るから」

　怜悧くんが頷くまで動かなかった。

　無力でも、少しでも好きな人のためにできることなら、
なんだってしたい……。

　それから部屋に戻っても、考えるのは怜悧くんのこと
ばっかり。

　かすっただけと言っていた傷は本当に大したことないの
か。

　熱は、怪我によるものなのか。

　風邪を引いていて、そのうえでの怪我だったら……。

　私にできることはなくても、幹部の誰かに連絡したほう
がいいんじゃないの。

　三好くんか、絢人くんか、巫くんに……。

　目をつぶっても、眠くならないどころか、心配で心臓が
ばくばくしていても立ってもいられなくなった。

　KINGの部屋と繋がっている扉に、こっそり近づく。

　ぴたりと耳をつけてみたところで、当然なにも聞こえな
い。

　私が行ったら、迷惑……？

　でも眠ってるなら気づかれないかも。

　様子を見るだけなら、いいよね……。

　なるだけ音を立てないように。泥棒よりも慎重に。

　取っ手に両手を添えて、ぬき足、さし足、しのび足。

　暗い部屋に目を凝らして、ベットまでたどり着く。

　かすかに聞こえる吐息は少し苦しそうだけど、さっきよりも落ち着いている感じ。

　大丈夫、なのかな……？

　よかった。

　無事なことを確認して、すぐに踵を返そうとした。

「……来るなって言ったろ」

「っ！」

　心臓が止まるかと思った。

「起きてたの、」

「起きたんだよ」

「わ、私のせい」

「そうだな」

「……ごめんなさい、心配で眠れなくて、」

「…………」

「怪我、まだ痛む……？」

「……お前が手当してくれたから大丈夫だ」

「そっか、よかった。じゃあ、私はすぐに戻るので」

「……ちょっとこっち来な」

　返ってきた思わぬ言葉に「へぁ？」と間抜けな声が零れる。

「なんか話せよ」

「は、話せって……急に言われても」

「労る気で来たんじゃねーのかよ」

「そうだけど……私の話なんてつまんないよ」

「なんでもいい。お前の声聞きながら眠りたい。今日の出来事とか、……なんかあるだろ」

　それなら、話せるかも。

「絢人くんたちとローストビーフの高級お弁当を食べた話をしてもいい？」

　ふっと怜悧くんが笑う気配。

「可愛がられてんなあ」

「偽物のQUEENなのにね、すごく楽しかったけど、すごい、申し訳なさもあって……」

「二好たちが好きでやってんだから、堂々と甘やかしてもらえばいいんだよ。あいつらは、興味がない女相手にそこまではしない」

「そう、なの……？　じゃあ、嬉しいな」

　そこに座れと怜悧くんが言うから、おずおずベッドに腰を下ろす。

「そもそもね、なんでローストビーフを食べさせてくれる流れになったのかと言うと──」

　学校中の女の子がQUEENの席を狙っている中で、ぽっと出の転校生がQUEENなんじゃないかとウワサが立ったこと。

　いじめられかけたのを、絢人くんたちが嘘をついてまで助けてくれたこと。

　でも、幹部の牽制には効果がありすぎて、誰ひとりとし

て話しかけてくれなくなったこと。だけど、絢人くんが話しかけるきっかけをつくってくれて友達ができたことを、順を追って話した。

「結局のところ、学校のみんなを騙してる状態なんだよね。QUEENじゃないことをちゃんと説明しなきゃいけないのに、悪いなあって思ってて」

「お前なにも悪くないだろ。QUEENの部屋を貸すって言ったのは俺だ」

「京町くんには本当に感謝して、る。ほんとに、ほんとにありがとう……。でも、本当のQUEENを指名するときは遠慮なく言ってね」

「……もし仮に、俺がQUEENを指名したら、お前はどこに住むんだ」

「う、あ……。探せば、いくらでも空いてると思うんだよね。例えば、医務室とか仮眠室とか、寝るところならいくらでも……っ」

　しーん……。

　沈黙。

　あきれてるのかな。

　なかなかに長い沈黙だった。

　息をするのも躊躇われるくらいの静かな静かな時間。

　なんか、話題変えたほうがいいのかな……。

　次のセリフを探して、暗闇に目を泳がせた。

　その矢先。

「もうしばらくは、お前がQUEENでいーよ」

「っへ？　……や、もうしばらくは、って……私、そもそもQUEENじゃないのに」

「俺がひと言、本田サンがQUEENだって言えば、お前はQUEENになるんだよ。それでいいだろ」

　なっ……。

　部屋がないから同情してくれるのはありがたいし、本当は優しい怜悧くんらしいけど……！

　絢人くんも言ってたように、QUEENの存在はそんなに軽いものじゃないでしょ。

　それでいいだろって、テキトウに決めるのは、おかしいよ……。

「でも、京町くん……忘れられない好きな人がいるって、聞いた」

「……ああ、そうだな」

　ぎゅ……と強い力で心臓を掴まれたくらいの苦しさが襲う。

「ど、どのくらい……好きなの？」

　冷静を装うために墓穴を掘って、

「……さあ」

「さあじゃ、わかんないよ」

　一周回ってむきになってしまって、一瞬で後悔する。

　答えなくていいと言おうとして、間に合わなかった。

「一生……」

「……え？」

「一生、……そばにいたい……」

　ぐらんと視界が揺れる。

　座ってるのに倒れそうだった。

「じゃ……じゃあ、なおさらだめだよ。たとえ、京町くん
が私を指名したとしても、ぜったい降りるから……っ」

　今度こそ気持ちを振り切ろうと思った。

「っ、おい、る──」

　腕を掴まれてわけがわからなくなる。

　引き寄せる手を思わず振り払った。

　これ以上はそばにいたくない。

　すごく泣きたいのに、大事ななにかが乾き切ってしまっ
たみたいに、涙が出なかった。

　おやすみなさいとだけ伝えて、ベッドから立ち上がる。

　早くひとりになって、眠って。

　なにもかも忘れたい……っ。

　ふたりの部屋を繋げる扉に手を伸ばす。

「そんなこと言うなよ……ずっと、好きだったのに、」

　扉が閉まる直前、なにか言われた気がしたけど、聞き取
れなかった。

残酷な英雄

　眠りについたのは明け方だった。

　眠れたと思えばすぐに襲ってくるアラーム。

　重たい頭で、このまま休んでしまおうかとも考えた。

　それでも体を起こしたのは、ドンドン、と慌ただしく扉を叩く音が聞こえたから。

「チャンるな、いる!?」

　三好くんにしては珍しく焦った声に、ただごとじゃないと胸騒ぎが起こる。

「どうしたの？」

「昨日、昼休みのあと黒土に会った？」

「会ってないよ。……絢人くんになにかあったの？」

「……昨夜、黒帝付近で乱闘事件が起きてる。負傷者は10数名。で、オレは……4階のセキュリティで幹部の足取りを確認してたけど、黒土は昨日から、部屋に戻ってない」

「っ、……待って。それって絢人くんが巻き込まれたかもしれないってこと……？」

　三好くんは首を横に振る。

「逆だよ。……黒土絢人が事件の首謀者（しゅぼうしゃ）かもしれないってこと」

「やっ、意味がわかんない……なんでそうなるの。絢人くんはREDの幹部でしょ？」

「オレが前に、黒土には気をつけてって言ったの覚えて

る？」

「う、うん……」

「裏回線を通じて、黒土が黒帝に出入りしてるって情報が送られてくることが、これまで何度かあった」

「え……。三好くんは自分の目で見たの？　絢人くんが出入りしてるところを」

「いや。だからガセだと思い込んでた……つい、この前では」

　や、やだ……。

　怖い話は聞きたくない。

　絢人くんは、私が赤帝に来て一番最初に仲良くなった人なのに……。

「だって、それじゃあ証拠はないよね？」

「幹部寮は、メンバーのルームキーと扉にICチップを埋め込んでる。それを通じてオレはメンバーの出入りの状況をチェックしてるんだ」

　いったん言葉を切った三好くんの瞳が、わずかに揺れたのがわかった。

「けど、黒土はセキュリティのシステムに細工してた。自分の部屋のぶんだけを、自由に書き換えられるようにね。それなら、寮にいるフリをしていつでも抜け出すことができるってわけ」

「そんな……」

　だけど、REDのことを話してるときの絢人くんは誰より真剣だったし、誰より大事にしてるように見えたよ。

「黒土の関与はまだ極秘事項。チャンるなは、なにも知らないフリをして普通に授業を受けてね」

「待って、三好くんは今からどうするの？ それに、京町くんとか、巫くんは……」

「京町はもう、黒帝に乗り込んでる」

「えっ!?」

　そんな！

「嘘、怜悧くん怪我してるのに……！」

「止めようと思ったときにはいなかった。怪我も、ナイフで軽く切りつけられただけって言ってたから、大丈夫だとは思うけど……」

　つっん。軽い傷なんかじゃなかった。

　昨日だって、止血しかしていないのに……。

　三好くんが瞼を伏せる。

「巫もすぐにあとを追ったけど、合流できたかはわからない。オレも駆けつけられたらいいけど、襲撃に備えてここを守るっていう責務があるから……」

「京町くんの怪我も、乱闘事件と関係あるの？」

「いや。京町はもともと別件で外に出て、事件の予兆となるネタを仕入れたんだよ。京町の負傷は乱闘事件の起こる前……探りを入れすぎて勘づかれたせいなんだ」

　知らなかった。

　いつから、そんな危ないことに関わってたの……？

　気づくことができなかった、無知な自分が悲しい。

「一応、了くんにも連絡した。最近は体調も安定してるから、

出てこれそうだって」

「そう、なんだ……」

　最強だってウワサの七原さん……。

　それなら、大丈夫なのかな……。

　「チャンるなは普通にね」と、三好くんは繰り返した。

　抗争って……もし始まったら、絢人くんはどうなるんだろう。

「ねえ、ヘンな質問かもしれないけど……絢人くんが本当に黒帝側にいたとしても、事実を受け止めて終わりじゃ……だめなの？　どうして抗争なんかするの……？」

　わかんない。この世界のことなにもしらないから、喧嘩なんかしないで平和にしてればいいじゃん、と思ってしまう。

「裏切りにはけじめが必要なんだよ。終わらせなきゃいけない……オレたちの世界にはそういう決まりがある」

　冷たい声だった。

「黒土絢人が敵ならおれたちは迷いなく潰す」

「……さん、………本田さん!!」

　授業中、名前を呼ばれてはっとした。

「え？　あ……」

「なにぼーっとしてるの！　教科書75ページから読んでって、さっきから言っているでしょう」

「す、すみません……！」

　ぼーっとしてたわけじゃなくて、考え事をしていて気づ

けなかったの。

　三好くんに言われた通り授業に出てみたものの、当然集中できるわけもなく。

　もし、巫くんと合流できてなかったら、怜悧くんは今頃ひとりで喧嘩してるのかと思うと、いても立ってもいられない。

　そして……。

　どう考えても……絢人くんが裏切るわけはないって思うんだ……。

　疑うのが三好くんの仕事だとしても、まだこの目で見たわけじゃないのに決めつけるのは違う。

　怜悧くんだって、そう言ってくれるって信じてる──。

「本田さんっ、聞いてるの!?」

「すみませんっ、体調がすこぶる悪くて……目眩と寒気と頭痛が……」

「はあ……。それならそうと早く言ってくれると助かるのだけど？　保健室か寮に戻ってしっかりやすみなさい」

　ほっ。

　言い方はきついけど、理解のある先生でよかった……。

　教室を出ると、校門に向かって駆けて行く。

　こうしているうちにも怜悧くんが危ない目に遭っているかもしれないと思うと、心配でたまらない。

　一刻も早く駆けつけなきゃ……！

　それにREDが誰も真実を確かめずに絢人くんを潰しに行く気なら、その前に動けるのは私しかいない。

　無茶なことかもしれない。黒帝の本質もわかってない。

　なんの計画もないけど、このまま理不尽に、事が進んでいくのは嫌だし……っ。

　赤帝高校の裏口に立って、遠くにそびえる黒い校舎を見た。

「おや、見ない顔がいる。授業中になーにしてるの」

「んえ!?」

　突然、視界に映り込んできたのは男の子。

　制服からして同じ高校みたいだけど。

　えっ、だ、だれ………？

「ふうん。七原了の顔を知らないってことは、転校生ってところかな」

「えっ、ななはらりょう……！」

「おや、ご存知？」

「な、名前だけ！　REDのディーラー？　で、伝説で、さいきょーな七原了って人がいるって巫くんが」

「へえ、夕市がそこまで話す女の子がいるとは」

　うっ、もしかして怪しまれてる？

　REDの伝説だって人に怪しまれたら元も子もない……。

　かくかくしかじかで……と急いで事情を説明した。

「アハハッ、転校してすぐにボヤ……！」

「わ、笑ってる場合じゃないです」

「そうだね、ちょうどよかったなあ。こっちも、黒帝に向かおうとしてたんだよね」

「──っ！　そうなんですか」

「絢人は可愛い後輩なのでねえ」

　この人は味方かもしれない。

　でも、大丈夫なのかな。七原さんて、病気で入退院を繰り返してたんだよね？

「あの……顔色、あんまりよくないみたいだけど、大丈夫ですか……？」

「アハハ、これ生まれつき！」

　そういった瞬間、ゲホゲホっとむせるものだから、けっこう本気で不安になる。

「はあ、参った～。あんまり笑わせないでよね～。昔から気管支（きかんし）が弱いのよ」

　えっ、私笑わせるようなこと言った？

「あ、そうだそうだ。名前聞くの忘れてたね」

「本田です……」

「本田？　まさかとは思うけど月って名前じゃないよね？」

「っえ、どうして知ってるんですか!?」

　理由を訪ねたのに、七原さんは、

「はあ、楽しくなってきた。久々の外の空気は美味しいし、さいこーだね！」

　まるで答えてくれる気配がなく。

　かと思えば、道端に停まっていた真っ赤な車に手をかけるからまたびっくり。

「さあ乗って、黒帝に突っ込むよ」

「突っ込む？　いや、わかりました。……でもこの車は、」

「だあいじょうぶ、こっちは4月4日生まれの18歳なので。合法ですよ」

　七原さんのウインクとともに、車は低いエンジン音を響かせた。

　街の端と端。

　対角線上にある黒帝高校までの一本道を、徐々に速度を上げながら進んで行く。

　3つ目の交差点を通過したときには、メーターは時速130キロを指していた。

　こ、高速道路より速い……!!

　景色が目にも止まらぬ速さで流れていく……。

　体感時間、10秒。

　そのスピードを保ったまま、車は文字通り黒帝に突っ込んだ──。

　開け放たれた門を通過して、だだっ広いグラウンドをドリフトしながら猛スピードで進む。

　もう目と鼻の先には黒帝の校舎。

　ばくんばくん。

　ひえ……私、死ぬのでは………?

　キキーッとブレーキ、車は回転しながら、校舎の壁に平行にぴたりと止まる。

　それはそれは華麗なるハンドルさばき。

　素人でもわかる。

「い、一瞬、走馬灯が見えました……っ」

「っ、ゲホッゲホッ、だからっ、あんまり笑わせないでよね」

　そんな、私は真剣に怖かったのに……。

　笑っていたかと思えば、車を降りた瞬間、表情は一変。

「さ。うちの可愛い弟を、返してもらいに行きますか」

　ぺろりと上唇を舐める。

　据わった目が、黒帝の真っ黒な壁を見つめていた――。

「赤帝3年の七原了だ。うちの黒土が世話になったみたい
だな」

　旧校舎の入り口に立ち、出迎えたBLACK KINGDOM
のメンバーたちに静かに告げた。

　この人は……本当に伝説らしい。

　その言葉だけで、周りの空気が凍りつくのがわかった。

「黒土絢人を出せ」

　そんな簡単にはいかないと思っていたのに、絢人くんは
あっさり姿を現した。

「――りょー、君……。こんなとこに来させてごめんね。
るなこも」

　にこりと微笑む絢人くん。

　なんとも言えない笑顔だった。

　寂しそうにも見えるし、バレたことを諦めて開き直って
るようにも見える。

「絢人。お前が今ここにいる理由は？」

「……残念ながら見ての通り。おれはこっち側の人間だっ
たんだ、ごめんね」

「絢人、黒帝のKINGはどこにいる？　あいさつがしたい」

　絢人くんは答えない。

「答えたくないならいい。こっちで勝手に探させてもらう」

　廊下に戻った途端襲い掛かってきた二人組を、七原さんは一瞬で蹴散らした。

「あー。いいリハビリになる。どんどん来なよ」

　絢人くんを連れ戻そうともしない。もう仲間じゃないって見切りをつけちゃったのかな……。

　一緒に行かなきゃと思うのに……足が動かない。

「赤帝にいるうちに、もっと言うこと聞かせればよかったなあ。割と好きだったんだぜ、おれの下僕の、るなこちゃん」

　そんな言葉が聞きたいわけじゃないのに……。

　絢人くんも私に背を向ける。

　部屋を出て、奥の廊下へ進んでいく。

　やだ……絢人くんとこんな別れ方したくない。

　だけど、これが現実。

　受け止めないと……。

「絢人くん、待って………!!　教えて、怜悧くんはどこにいるの……っ!?」

　必死で追いかけた。

　絢人くんの姿が見えなくなった廊下を走って、突き当りの部屋にたどり着いた。

　――BLACK KINGDOM。

　黒地に金の刺繍。

　足を踏み入れた先。

　私を待っていたのは、瞳に、暗い光を宿した男の子たち
だった。

還らざる者

「なにこの子、赤帝の制服じゃーん」

「どうしてここに来たのー？　俺たちに犯されたかったのかなあ」

　逃げる暇もなく両サイドを囲まれる。

「やだっ、離して……っ」

「うーん？　なんて言ってるか聞こえないな」

　両腕を掴み上げられる。

　抵抗もできない。

「っ、その子は関係ない。離してやって」

　絢人くんの声が聞こえると、少しだけ相手の力が弱まった。

「るなこ帰れ。もう話すことはないだろ」

「やだっ、怜悧くんがどこにいるのか教えて！　無事なんだよね……っ？　こんなところで喧嘩なんかしてないで、早く赤帝に戻らなきゃ……。できれば、絢人くんも一緒にっ……！」

「っ、いつまでふざけたこと言ってんだよ！　おれに変な期待持ってんなら今すぐ捨てろ！」

「だって絢人くんは……、REDのこと、大好きだったじゃん……！」

「じゃあ本当のこと教えてやる。昨日、京町を襲ったのは黒帝だ。そして、お前が大好きな怜悧くんを刺したのはお

れなんだよ」

　吐き捨てるみたいにそう言った。

　受け入れられない私は、もうどうしていいかわからなかった.。

　男たちに掴まれる力がまた強くなる。

「赤帝の女なら、見せしめのために犯してから返してやろうぜ」

「パっと見貧相だけど、意外とあんじゃん。顔は可愛いーし、な？」

　スカートをまくりあげるように触られて、ようやく悟った。

　ぜんぶ無駄だった……。

　絢人くんのこと、信じてるんじゃなくて、裏切られてるって認めたくなかったのかも。

　また……孤独になっちゃう気がして。

　自分勝手……だな、私。

「るなこ!!」

　絢人くんが叫んだのと。

　──ガンッ、と。

　やけに荒々しい音が聞こえたのはほぼ同時だった。

　周りにいた人達が静まり返る。

　部屋の奥。

　黒いソファに座って、テーブルに長い脚を投げ出した人物がひとり……。

「絢人」

　その人に名前を呼ばれた絢人くんは、びくりと肩を震わせる。

　聞かなくたってわかった。

　あの人が黒帝のKING——松葉千広だって。

「そんな女のことなんか、もうどうでもいいだろ。お前は黒帝の人間だ」

「その子だけはだめだ。るなこは、おれの——」

「絢人！　何回も言わせるな」

　松葉千広がゆっくりと立ち上がる。

　絢人くんの前に松葉が立ちふさがったかと思えば、次の瞬間。

「っぐ……は、」

　鋭い蹴りを入れられた絢人くんがその場に倒れ込む。

　あ……。

　頭が真っ白になった。

　息が……上手くできない。

　諦めた瞬間に、張りつめていた緊張もぷつりと切れた。

　足元からがくん、と力が抜ける。

　視界が歪んで、真っ暗になる。

　そういえば私、ろくに眠れてなかったし、なあ……。

　意識が遠くなりかけたとき。

　——"月"

　大好きな人の声を聞いた気がした。

　今、の……。

　直後。

　ドガン！となにかが派手にぶつかる音がして——閉まってたはずの扉がゆっくりと倒れてきた。

「はあ〜僕って超〜力持ち！　天才である！」

　現れたのは、なんと巫くん。

　……と、その後ろには、怜悧くんがいた。

「っ、ふたりとも……！」

「雑魚共見てて〜！　僕がけちょんけちょんにしてあげるからね！」

　うおらああああと笑顔全開で突進していく巫くん。

　目を丸くしてその様子を見ている私のそばに、怜悧くんがそっとかがみこんだ。

「危ねえから下がってろ」

「でも、京町くんは大丈夫なの？　怪我してるのに」

「片手が使えないってだけで問題ない。それに、もう少ししたら三好が、族のメンバーを連れて乗り込む予定だから勝算は十分にある」

　安心させるように私の頭を優しく撫でると、怜悧くんはまっすぐ松葉のところへ向かって行った。

　先に殴りかかった松葉の手を、さらりとかわして、相手のバランスを崩す。

　ただ、相手も弱いわけでは決してないようで、すぐに体勢を立て直すと、いったん身を引いて構えをつくる。

　両者ともに一瞬の隙も見せず激しい攻め合いが続く中、私は息をするのも忘れて、目の前の光景を見つめるしかなく——。

「ハハ、どんどん動きが鈍くなってるぜ、京町。傷口が開いたんだろ、もう動かねえ方がいいんじゃねーの？」

　怪我をしてガードがゆるくなっている部分を集中的に狙う松葉。

　上手く避けながらも、傷口が開いて痛むのか、怜悧くんは片腕を抱え込んだ。

　好機だ、というように松葉の瞳がギラリと光る。

　心臓がぎゅっと縮まった感覚がした。

　振り上げられた腕が落ちてくるまでの様子が、やけにゆっくり再生された。

　──危ない。避げて……。

　とっさに目を閉じかけたのと、──にやりと怜悧くんが笑ったのがほぼ同時。

　かばっていたはずの腕を高くかざした怜悧くんに、松葉は驚いたように固まり。

　振り下ろすのかと思いきや、松葉の顔すれすれのところで、ぴたりと動きを止めて。

「こっちのガードが、甘いんだよ」

　松葉の脇腹を目がけて、ドン……っと。

　鈍い音がした。

　怜悧くんに蹴り飛ばされた体が、宙に浮いて、壁にぶち当たる。

「っ、か……は、ぁ」

　口元から零れ落ちたのは、鮮血──。

「松葉、まだ口きけるか？　話がある」

　怜悧くんが前にかがみこんだ。
　ちらりと、視線だけを巫くんに向けて。
「悪いけど、本田サンと絢人を連れて向こうで待ってろ」
　鉄の匂いが充満する部屋で。
　私は、差し出された巫くんの手をとった。

純然たる愛

「赤帝の族が乗り込んできた！　ど、どうなってんだ。早く、松葉さんに報告しねぇと……」

「無理だ。松葉さんもやられちまってる」

「嘘だろ！　七原のしわざか!?」

「いや……京町だ」

「はあ？　あいつは利き腕負傷してるはずだろ………！」

　喧騒と血の匂い……。

　少しずつクリアになって、意識がはっきりしていく。

「……るなこ」

　落ちてきたのは私の知ってる優しい響きだった。

「絢人くん……？」

「まったく。なんで下僕をおれが膝枕してあげてるんだか。わかんないね」

　周りに人はいない。

　だけど、ここは黒帝の中。

　いろいろ聞きたいことも言いたいこともあるのに、上手く言葉が出てこない。

　そうだ。巫くんに連れ出されたあと……気が遠くなって。

「っ、怜悧くんは？」

「了くんと一緒にいる。おれの処分について話してるんだろうねぇ」

「……処分って……」

「てか怜悧くん。右手怪我してんのにすごいよね。急所狙えばよかったなあ、なんて」

　冗談めかして笑う絢人くん。

「怜悧くんを襲ったとき、おれたちは５人で、あっちはひとりだった。おれの顔を見て……怒ると思ったのに……」

　その直後、一筋の涙が、その頬を伝うのを見た。

「おれが刺したとき、なんて言ったと思う？　"つらかっただろ"だってさ……。怜悧くんは気づいてたんだ、気づいてたのに、ずっと、おれを仲間にしてくれてた……」

　私もじわりと涙がにじむ。

　そうだったんだ……。

「おれが黒帝の人間だったのは本当。赤帝には情報を流すために入った。……結果、ばかみたいに絆されて、ずっと、どっちの味方にもつけないままだった」

「……やっぱり、絢人くんはREDのことが大好きなんじゃん……」

「るなこがそう言うんなら、そうなんだろーね」

「……勝手に飛び込んできて、私の自業自得だったのに守ろうとしてくれたの、嬉しかった」

「るなこは特別だからね。おれは、るなこが信じてくれただけでよかった。これは本当に、本当のハナシ」

　優しい絢人くん。

　最後に笑顔を向けて、早く怜悧くんのとこに行きな、と促してくれた。

「絢人くんも一緒に行こうよ」

「なに言ってんの。裏切り者に居場所なんてないよ」

「それでも、みんなとは１回ちゃんと話すべきだよ。きちんとケジメつけないと、この私が許さないからね」

　無理やり腕を引っ張ると、はあ、と長いため息を落とされる。

「下僕のくせに偉そうに」

　奥の部屋で怜悧くんを見つけた。

　そばに七原さんや三好くん、巫くんもいた。

「いやあ、本田月ちゃんを見失ったときには、もう心臓が止まるかと……怜悧を見つけて事情を話したらブチギレられて、こっちが殺されるかと思ったし、どっちにしろ死ぬしか選択肢がなかったよ～」

　ぺらぺら喋る七原さんの傍ら（かたわ）で、壁にもたれかかった怜悧くんが肩で息をしてた。

「だ、大丈夫……っ？　助けにきてくれて、本当にありがとう、京町くん」

「……、」

　どうしよう。喋れないほどひどいのかな。

「京町くん、」

「お前ってほんっと……昔から……手かけさせやがって」

「ご、ごめんなさい！」

　思った以上に怒ってるみたい。

　低すぎる声に反射的に謝ってしまった……けど。

　──え？

　昔から……？

　怜悧くんの瞳がうっすらと開く。

「今、なんて……」

「……昔、あれだけ同じ高校行きたいとか言ってたくせに、ろくなあいさつもせず行き先も教えず、勝手に転校して行った、ひどい女がいたなーって言ったんだよ」

「っ、え、は、……それって誰のこと……ぎゃっ!?」

　とつぜん強い力で引き寄せられる。

「お前さ……転校してきたんなら、まず一番に俺のとこに来いよ。初めに嘘ついた俺も悪かったけどな。」

　っ、これはバレてる……！

　私が本田月だってバレてる……!!

　消えたい消えたい！

「っ、やだあっ、離して……！」

「暴れんな」

「だってそんな、酷い女のことなんか、忘れちゃえばいいじゃん……！　今さら思い出しても、気分が悪くなるだけでしょ……っ？」

「しょうがねえだろ。……その酷い女が、ずっと好きだったんだから」

　ぐらり、ぐらぐら目眩がする。

　なに言ってるの……。

　怜悧くん、なに言ってるの。

「う、嘘だ……。私のこと、どうせ、ついさっきとかに思い出したんじゃないの」

「好きな女の顔と名前を、忘れる男なんかいるわけねぇだろ」

「やっ、……だって、怜悧くん私のこと嫌いだったじゃん!!友達に聞いて私の転校のこと知ったとき、せいせいするって言ってたじゃん……」

「あれはお前が聞き耳立ててたの知ってたからだ。気づいてないとでも思ってたか?」

　待って、聞けば聞くほど、どんな顔していいかわからなくなる。

「私が聞いてるの知ってて、せいせいするなんて言ったのっ?　やっぱり嫌いなんじゃん!」

「俺になんにも言わずに、お前がひとりでこそこそしてたからだろ、小学生そんな大人じゃねぇって」

「うう、……」

　ほんとに嘘だって思ってるわけじゃないの。

　ただ、いきなり嬉しいことがあったら、嘘だったときが悲しいから確かめちゃうだけなの……。

　七原さんがなだめるように言う。

「まあまあ月ちゃん信じてあげて?　怜悧をKINGに指名したとき、一回拒まれたんだよね。なんでって聞いたら、俺はQUEENを指名できないからって」

「え……」

　なにそれ、知らないよ……!

「っ、その話、詳しく聞きたいです……!」

「七原さん、余計なこと言わないでください」

　怜悧くんが不機嫌な顔で食ってかかる。

「うんうん！　本田月って女以外を指名する気がないんだってさあ。その子、どこにいるのって聞いたら、」

「七原さん！」

「怜悧くん、遮らないでよっ」

「うるせえな、口塞ぐぞ」

「っ、……」

　本当に顔を近づけてくるから、心臓に悪い。

「知りたいならふたりのときに教えてやるから我慢しろ」

　っ、我慢する。

　いくらでもします……！

「ああ、よかったねふたりとも……っつ、ゲホッゲホッ」

「──！　だ、大丈夫ですか、」

「大丈夫じゃない、あ゛ー黒帝、空気が悪すぎる……」

　ええっ、血の匂いがするからかな……。

　あと若干、タバコの匂いも……。

「こんなところに、絢人くんを置いておけないよねえ、やっぱり。ね、怜悧」

　みんなより少し離れたところに立っていた絢人くんは、七原さんの言葉にびくりと肩を震わせた。

「ごめん。どんな制裁でも受ける。……今まで仲間にしてくれてありがとう」

　深く頭を下げる絢人くんを、みんなはしばらく無言で見つめていた。

　初めに口を開いたのは怜悧くん。

「中学の頃、松葉と裏で仲が良かったらしいな」

「……うん。千広くんとは親同士に関係があって、同級生だけど昔から主従関係みたいなのが続いてた。だからといって、みんなを裏切っていいことにはならないし、許しを乞うつもりはないよ」

　主従関係……。ずっと苦しかったよね。

「チャンるなが、黒土はREDが大好きなんだよって言ってたけど、それ本当？」

　三好くんが静かに尋ねた。

「それ……は、本当……だけど」

「じゃ～いいじゃん!!　僕、絢人くんみたいに気が合う友達と別れたくない──!!」

　突然、絢人くんのもとへ巫くんが駆け出した。

　ぎゅっと抱き着いて顔をすりすり。

「ね、いいよね!?　怜悧クン」

「そうだな。本人の意志に任せる」

　どきっと胸が鳴る。

　よ、よかった……！

「やっぱり怜悧くんも絢人くんのこと信じてたんだね」

「昨日、絢人はわざと急所を外して俺を刺してる。黒帝の狙いは俺を潰すことだったのに」

　そうだったんだ……。

　安心した途端、涙がぼろぼろ溢れてくる。

「はあ……泣き虫は相変わらずか」

「うう……ぐすっ、昔から治せって、怜悧くんに言われて

たけど、」

「いーよもう。お前すぐ泣くけど、やさしーし、強いし」

　優しく背中を撫でられる。

　そういうところが好きって、言われてるみたいだと思った。

「泣いててもいいから、早く立て。帰るぞ」

「っ、うん」

「今日は、お前の部屋で寝るのもいいな」

「……私の部屋？」

　立ち上がった怜悧くんが私の肩を抱く。

　私の部屋……！

　それって、どういう……。

　赤面して固まる私のせい耳元で、とびきり甘い声が囁いた。

「我慢しすぎて疲れた、月」

                                        End

特別書き下ろし番外編

愛の契り

「チャンるな、いい加減首を縦に振りなよ」

「いつまで僕たちのこと待たせるの!!」

「うだうだ悩みすぎ。るなこホントうざーい」

　お昼休みに、豪華お弁当をとったからと4階に呼び出されて、うきうき気分でついて行ったところ。

　場の空気は……穏やかじゃなかった。

　とりあえずにこっと笑って、そそくさと回れ右をする。

「どこ行こうとしてんの、るなこちゃん？」

「ぐぇっ」

　絢人くんに首根っこを掴まれた。

「だーめ。逃がさないよ？」

「僕、るなたその腕なんか簡単にへし折っちゃうんだからね！」

　左手を三好くん、右手を巫くんに掴まれて、身動きがとれなくなる。

　背後、左右。

　無敵の幹部さまに囲まれては、もう観念するしかない。

　しかも、巫くん。しれっと怖いこと言ってるし！

「わかったから、離してええぇ……」

　そう訴えると、力はやや弱まったものの、完全に解放されることはなく。

「チャンるなが、REDのQUEENになるって言うまで、オ

したち離れないからね」

「そーだよ！　物理的に離さないからね！　覚悟してね！」

　ううう……やっぱりそのことかあ。

「そんなことよりお昼ご飯食べようよ、みんなお腹空いて
るよね？」

　このままじゃ見えない圧に押し潰されそうだし！

「るなこ今、"そんなこと"って言った？」

「っ！」

　絢人くんの低い声にびくっと縮こまる。

「るなこがQUEENにならないことで、おれたちにどれだ
けの迷惑がかかってると思ってんの？」

　わかる。

　顔が見えないけどわかる。

　背後から、左右から、ただならぬ黒いオーラを感じる。

　絢人くんを始め、RED KINGDOMの幹部のみなさま方、
大変ご立腹のようである。

「了クンも言ってるんだからね！　もう、今すぐにでも首
を縦に振らせろって」

「七原さんも？」

「ちなみに現在進行形で、病院にいる了くんとビデオ通話
が繋がってるよ」

「ビデオ通話!?」

　スマホをこちらに向ける三好くん。

　画面の中に『やほ〜』と手を振る七原さんがいた。

「ど、どうも……」

『本田月ちゃん〜。まさかの、QUEENの指名を断ったんだって？　さすがの七原了もびっくりなんだがね』

「うっ。断ったっていうか……返事を保留にしてもらってる状態でして」

　そう。

　黒帝との揉め事が落ち着いたあと、怜悧くんが「QUEENになるか？」って言ってくれたんだけど……。

　すごく嬉しかった半面、REDにとってQUEENがどれほど大事な存在なのかわかっていたからこそ、すぐには返事ができなかった。

「るなこの分際で保留とか。まったく、何様なわけー？」

「だって、あまりにも荷が重いんだもん！　それに、絢人くんが言ったんだよ、QUEENはただのお飾りなんかじゃないって」

「うっさいなあ。KINGが選んだ相手なら、おれたちは誰であろうと無条件に愛するんだよ。例え、るなこみたいに狂暴で、とてもQUEENと呼べるような女じゃなかったとしても」

「絢人くん、いつもひと言多いよっ」

　睨んでみても、ふっと鼻で笑われておしまい。

　ぐぬぬ……と唇を噛むけれど、今回は保留にしてる私にも非があるから強く言い返すことができない。

「ていうか。原則として、チャンるなの意思に関係なく、京町が"今日から本田月がQUEENだ"って言えば、QUEENになれるんだけどね」

　ええっ、そうなの!?

「怜悧クン、るなたその返事なんか待たないでさっさと指名しちゃえばいいのにさー！」

「うん。普段の京町ならとっくにそうしてるはずだよね」

「普段の、怜悧くん……？」

　私が赤帝に来て、それほど日は経ってない。

　怜悧くんは昔と変わらず綺麗で冷静でかっこいいけど、普段の怜悧くんとやらはどんなものなのか、純粋に気になる。

『相手に有無を言わさず従わせる力を持つ、あの京町怜悧を待たせてるんだから。本田月ちゃんってばすごいよ』

　と、画面越しに七原さん。

「そーだよ！　目的のためなら手段を選ばない、あの京町怜悧クンを待たせてるんだからね！　るなたそ、恐ろしや！」

「チャンるなが正式なQUEENになったら、泣くくらい甘やかしてあげるのに」

「るなこはもっと立場をわきまえな。KINGの指名を保留にするとか無礼極まりない」

「は、はい……すみませぬ」

　そうだよね。

　幼なじみじゃなかったら、近づくことも許されない相手なんだろうし。

　早く返事をしなきゃいけないよね……。

　うつむいたところで、部屋の扉がスーッと開いた。

　姿を現したのは怜悧くん。

「あー！　やっときた！　寂しかったよー!!」

　一目散に駆け寄って、巫くんが怜悧くんに抱き着く。

「つーか、まだ食べてねーの？」

　テーブルを見渡して怜悧くんがそう言った。

「おれたちるなこに説教してたのー」

「説教？」

「早くQUEENになれって」

「そんなことよりまず食べさせてやれよ。月は、午後の授業も出るんだろ？」

　な？　と微笑んだ怜悧くんと目が合ってどきっとする。

「う、うん」

　ええ、怜悧くん笑ってくれた！

　いつもこんな感じだっけ？

　ていうか、みんなの前で「月」って呼ばれるの慣れなくてそわそわする……！

「怜悧くんまで"そんなこと"って……」

　頭を抱えながら絢人くんが自分の席に着く。

「怜悧クン、早くるなたそのこと指名してよー!!　るなたそがQUEENになったら、るなたそ授業出なくていいから、ずっと一緒に遊べるよ!!」

　んな!?

　いやいやちょっと待って。

「巫くん、QUEENになったとしても私はちゃんと授業にでるよ！」

「え、なんで!?」

「なんで!?　……って」

　目を泳がせると、三好くんがくすりと笑う気配がした。

「チャンるなが、授業に出ずに進級試験に受かることができれば問題ないんだけどね」

　授業に出ずに、進級試験に受かる……？

　それは――どう考えても。

「無理では？」

「だよね」

　にこっと笑われて、ちょっと恥ずかしくなる。

　私があんまり成績よくないこと、もしかして三好くんにバレてる？

『本田月ちゃん安心して～。病院暮らしの七原でも、ちゃんと進級できてるからサ』

「いやそんな……七原さんって絶対頭いいですよね」

　七原さんに限らず幹部のみなさま方、ほとんど出席してないのにすごいなあ。

　絢人くんは、みんなと比べれば出席率高めではあるけど、授業中はひたすらグラウンド眺めてるか、スマホで動画を見てるかだし。

「るなたそ～お願い、早く頭よくなってね？」

　怜悧くんから離れた巫くんに、うるうるな瞳で見つめられて、苦笑い。

　そんな簡単なことじゃないよと頭の中で突っ込みつつ、

「えへへ、頑張るね」

　と返事をする。

　そうしてみんながいったん席に着いたところで、ようやくランチタイムが始まった。

　豪華お弁当をとってくれたというのは嘘じゃなかったようで、テーブルには金色と黒の大きな箱が並べられる。

　蓋を開けてみれば、お品書きの紙が。

「ビーフブルギニョン、エビとブロッコリーのアミューズ、生ハムとフォアグラのムース、クレームブリュレ……」

　なんと。横文字しかない。

　今まで見てきた高級お弁当の中でも、なんか一番すごいような気がする。

「美味しそう！　これは、なに料理ですか」

　と私。

「箱についてる国旗が目に入らぬか？」

　と絢人くん。

　左から青、白、赤。

「えーと、フランス？　だったかも」

「かもじゃなくてフランス」

「んな！　いいんですか、私が食べても……。まだQUEENじゃないのに」

　すると、ふいに怜悧くんが顔を上げる気配がして。

「これ、お前がもうすぐにでもQUEENになるものだと思って、絢人たちが前々から予約してた弁当だからな」

「っ、え……」

　そう、なの？

　途端に押し寄せてくるのは、なんとも言えない申し訳な
さ。
「ごっ、ごめんなさい。そうとは知らずっ」
　頭を下げる。
「気にしなくていいよ。チャンるながQUEENになろうが
なるまいが、オレたちはただチャンるなが好きだから、勝
手に用意しただけ」
「そうだよー！　まさか返事を保留にされるとは思わな
かったけど。お弁当を頼んだのは、るなたそと一緒に食べ
たかったからなんだからね！」
　うう……みんな優しい。
「みんなるなこに甘すぎ……」
　呆れ顔で絢人くんがため息をつくと、巫くんが隣から
ちょんちょんと指先でちょっかいをかける。
「絢人クンそんなこと言って〜〜！　メニュー見ながら、
"るなこが喜びそうなやつは〜" とか言って一番真剣に選
んでたのは誰〜〜!?」
「っ。誰それ、まったく記憶にないけど」
　ふいっと顔を逸らした絢人くん。
　そのほっぺたがちょっと赤くなってるのを私は見逃さな
かった。
　毒を吐きつつ、転校してきたときからなんだかんだずっ
と私のことを気にかけてくれてる。
　わかりにくいけど、本当に優しいよね。
「絢人くんありがとう。味わって食べるね！」

「はいはい。ありがたさを存分に噛みしめながら食べな」

　偉そうすぎ〜！　と巫くんが再びちょっかいをかけると、ごほごほと絢人くんがむせる。

　みんなの笑い声がはじけるのを聞きながら、絢人くんがREDに戻ることを選んでくれてよかったと、改めて思った。

　——わいわい他愛もない話をしていると、楽しい時間はあっという間に過ぎていく。

　お昼休みも残りわずか。

　デザートのクリームブリュレを食べ終えて、ごちそうさまでしたとスプーンを置いた。

「チャンるな、もう行くの？」

「うん。歯磨きとかもしなきゃいけないし」

　そう返事をして席を立つと。

「そっか。授業頑張ってね。ところで制服のボタンかけ違えてるよ」

「っ、な!?」

　三好くんがにこにこ笑顔を向けてくる。

「はは、やっぱり面白い反応してくれた。いつ気づくかなって思いながら見てたけど、結局気づかなかったね」

「気づいたならその時に教えてよ！　うう、恥ずかしい」

「ちなみに全員気づいてたと思うけど」

　ね？　と周りを見渡す三好くん。

　怜悧くんが「ああ」と頷くから恥ずかしさは倍増。

「す、すぐ直しますっ」

　焦った勢いでボタンに手をかけると、すかさず怜悧くん
が立ち上がった。
「ばか。ここで外すな」
　私の手に怜悧くんの手が重なって、動きを制す。
　肌が触れ合ったったことで思考は瞬時に停止して、熱だ
けがそこに集中した。
「男がいる前でシャツのボタン外すとか。どこまで考えな
しなんだよ」
「う……？　あ、たし、かに」
　言葉の意味を遅れて理解する。
「アハハ、るなたそ真っ赤〜!!　ゆでダコさん!!」
　っ、だって！
　怜悧くんと手が触れたんだもん……!!
「るなこの反応、どんだけピュアなの。やることやってる
くせに」
「黒土、そういうことは言わないの」
　三好くんが静かにたしなめる。
　首の辺りから熱いものがぐわーっと上昇していくのを感
じた。
「お、教えてくれてありがとうございマシタ、ご飯美味し
かったですそれじゃあ失礼します……!!」
　ぱっと怜悧くんから距離をとって、逃げるように部屋を
出た。
　――QUEENになることへの返事を保留にした理由。
"REDにとってQUEENがどれほど大事な存在なのかわ

かっていたからこそ、すぐには返事ができなかった"。

　これは嘘じゃない。

　だけど、一晩眠ったあとには、おおよそ覚悟も決まっていたし、むしろ今は、怜悧くんの一番近くにいられる存在に早くなりたいと思っていて。

　それなのに、未だに保留の状態になっているのは……。

「返事するタイミングを見失っちゃったんだもん……」

　ぽつり、零した声がエレベーターに寂しく響く。

　——黒帝との諍いが終わってからは、毎晩怜悧くんと一緒に過ごせると思ってた。

　でもなぜか、部屋に戻る時間が食い違う日が続いて、怜悧くんはKINGの部屋、私はQUEENの部屋で眠るというただの隣人のような生活になってしまっている。

　夜遅く、怜悧くんが部屋に戻ったのを気配で確認してから眠りにつく毎日。

　最初は、怜悧くんのほうから来てくれるかもしれないという淡い期待を抱いていたけれど、そんなことは一度もなく。

　疲れているかもしれないから、私のほうから部屋に行くのも躊躇われて。

　そんなこんなで返事をするのはおろか、ひょっとしたらそこまで好かれてないのかもしれないと、ネガティブな思考まで浮かんでくる始末。

「やることなんてやってないもん……絢人くんのばか」

　ここで絢人くんに八つ当たりするのもおかしい話。

　さっき、せっかく顔を合わせられたんだからもっと話せ
ばよかったと後悔して、ますます自分がいやになる。

　午後の授業中。

　先生の話は右から左。

　"今夜こそは勇気を出すぞ"と。

　今日も今日とて、まったく同じことを考えるのだった。

　——午後8時30分。

　お風呂から上がって、しばらくKINGの部屋で悶々（もんもん）とし
ていた。

　きっと今日も遅いんだろうな……。

　そう思いながら、いったんQUEENの部屋に戻ろうか、
このまま待っていようか考える。

　なんとなく部屋を見渡して、寝室のベッドに腰を下ろし
た。

　いつ見ても広いベッド。

　このベッドにふたりで最後に眠ったのは、両想いだって
わかる前。

　あのときの、全身が心臓になったみたいなどきどきは今
でも忘れられない。

　……あれから一緒に眠っていない。

　そう、一度たりとも！

　——"我慢しすぎて疲れた、月。"

　黒帝との揉めた日の夜、怜悧くんが私の部屋に来てくれ
てくれて、とびきり甘い夜を過ごす……んだと、思ってた。

　だけど、あのあと、傷口が開いて血が止まらなくなって
しまった怜悧くんは、そのまま病院へ行くことになり、そ
れはそれは不安でたまらない夜を過ごした。

　手当を受けて無事に日常生活が送れるようになったのは
いいものの……。

　無理しすぎだよ、と思う。

　怜悧くんが遅い夜は、またどこかで危ないことをしてい
るんじゃないかと心配になる。

　今は、どこでなにをしてるんだろう……。

　ベッドに座ったまま、ぼうっと思いをはせる。

「……怜悧くん、会いたいよ」

　お昼休みも会ったけれど、会話らしい会話もできなかっ
たし。

　ふたりきりに、なりたいな。

　シーツを見つめて、なんとなく、本当になんとなく横に
なってみた。

　──ときだった。

　玄関のほうからピッと鍵の開く音が聞こえてきて、即座
に上半身を起こす。

　まさか、怜悧くん!?

　こ、こんな、ベッドの上にいるときに限って早く帰って
くるなんて!

　今すぐにでも部屋に戻って隠れたい衝動と、会いたい気
持ちとが合わさって、ベッドに上でただただ固まるしかな
い私。

　そうしてるうちに足音は近づいてくるから、視界がぐる、ぐる、ぐるぐる……。

「っ、月？」

「おっ、おかえりなさ、い！」

　怜悧くんの姿が現れた瞬間、ベッドから下りてその場に気をつけをする。

　我ながら、不自然すぎる恰好{かっこう}……。

「今日は、えーと、早いんだね。これから、またヤボヨー、とかあるの？」

　ぎこちなく尋ねると、怜悧くんは小さく笑う。

「野暮用はねえよ。今日はずっとここにいる」

「そっか！　じゃあよかった、ゆっくり休めるね！」

　そうだな、と返事をしながらこちらに歩み寄ってくる怜悧くんに、たじたじになる。

「お前は寝てたの？」

「っ、う、あ……ちょっと横になってたと、いうか」

「とか言って、睡魔にすぐ負けるくせに。俺がいない間に無防備にすーすー寝てたこと、今まで何回あった？」

「そ、そんな何回もは、ないよ……？」

　距離を詰めてくる怜悧くん。

　恥ずかしさから無意識に後退する私。

　脚の裏にマットレスの角がぶつかって

「わっ！」

　ベッドに尻もちをついてしまった。

　冷静な瞳に見下ろされて、首から上がぐわっと熱くなる。

「えっと、勝手にベッド使ってごめんなさい」

「べつに好きに使えばいい。自分の部屋に行くのもできないくらい眠かったんだろ、どうせ」

「いや、眠かったわけじゃなくて！」

　へえそう、とテキトウな返事をする怜悧くんは、私が睡魔に負けてベッドに横になっていたと本気で思っているらしい。

　いくら眠くたって、自分の部屋に戻るくらいはするよ！

　赤ちゃんじゃないんだから！

　そう返しかけたけど、二度も睡魔に負けて怜悧くんに迷惑をかけてた過去を思い出して言葉を呑み込んだ。

　でも、眠かったわけじゃないのは本当だよ……。

「じつは、待ってたんだよね……。怜悧くんに会いたくて」

　思い切ってそう伝えると、直後、怜悧くんの動きが一瞬止まり。

「……うん？」

　えっ。"うん？"って、なに……？

　聞こえなかったのかな？

「待ってた、の。ふたりきりになりたいなって、ずっと思ってたから……」

　相手にわかるように、今度はゆっくり繰り返す。

「ああ。……そんで、風呂上がりにベッドね」

「っ！　ベッド、は、あんまり関係なくて意味もなくて！たまたまここにあっただけなのっ！　ダイニングとかで、なんか飲みながら話したりできればと……っ」

「へえ。ベッドはたまたまここにあっただけで意味もないなら、場所をわざわざ変える必要もべつにないってことだな」

「は……うぅ」

　にやりと上がる口角に多大なる色気を感じて卒倒（そっとう）しそう。

「俺が風呂から上がるまで、そこで待ってろよ」

　見事に悩殺（のうさつ）された私は、それに抗う（すべ）術もなく。

「っ、うん……」

　びっくりするくらい素直な返事が飛び出ていたことに気づいたのは、怜悧くんが部屋を出て行ったあとだった。

　お風呂上がりのラフな格好って、どうしてこんなに胸がときめくんだろう。

　学校のきちっとした制服も素敵だけど、ゆるいデザインのトレーナーからは、鎖骨（さこつ）が見えてセクシーだし。

　普段の無造作にセットされた髪もかっこいいけど、癖なく流れるノーセットにもきゅんとくる。

「どうせ待ち疲れて寝てんだろうなと思ってたけど」

「んなっ、寝るわけないよ！」

　ていうか、寝れるわけない！

　胸の辺りがばくばくいってて、寝かせてくれないし。

　なにより……。

「怜悧くんとふたりで過ごせるの、嬉しいから……」

「ああ、そう」

　なんて、気のない返事をしたかと思えば。

　次の瞬間には私の肩を抱いて、ちゅ……と、唇を押し当ててくるから。

「っ、」

　どっと跳ねる心臓。

　血液が一気に滾ったみたいに、全身が熱くなる。

　不意打ちすぎる……っ。

　唇が離れたあと、思わず視線を泳がせる私。

　だけど、私を抱いた手はさらに自分のほうへと引き寄せて逃がしてくれない。

「こっち見ろ」

「やだっ」

「なんで」

「恥ずかしいんだもん、顔見られるの……！」

「赤くなってんの可愛いからいーよ」

「そ、それが恥ずかしいんだよっ。電気消してほしい！」

　こっちは真剣なのに、怜悧くんは声を上げて笑う。

「キスだけで電気消さなきゃいけねぇのか」

「うぅ、なんでそんなに余裕なの……」

「消してやろうか？」

「う、うん……。あ、でも真っ暗だとなにも見えないから、ちょっと暗いくらいがいい、かも」

「ちょっと暗いって。お前ソレ一番……」

　なにか言いかけて、口をつぐむ。

「一番、なに？」

「いや、なんでもない」

「言いかけてやめるのやめてよ、気になる！」

「…………」

「……？」

「……これが無自覚なの恐ろしいな」

「え？　どういう意味……──ひゃ!?」

　体重をかけられて、ふわりと浮遊感。

　のちに、ベッドに沈む体。

　目の前には……怜悧くん。

　その奥に、天井が見えた。

「こーいう雰囲気になるだろ、ってハナシな」

「む、押し倒されている……ような」

「押し倒してんだよ」

　ぐっと距離が近づいた。

　わ、ち、近い……っ。

　綺麗な瞳に囚われて、うっとりした気分になる。

　キス、できそう……。

　もう1回したい、な……。

　と、思ったのもつかの間。

　怜悧くんがぱっと体を離した。

「……え？」

　右手が無意識に追いかけて、トレーナーの裾を掴んでしまう。

「なんだよ、その手」

「なんだよって……え？　キス……するんじゃない、の？」

　一時の沈黙。

　はっとする。

　もしかしてからかわれただけだったのでは、と。

　思い直して、じわっと涙がにじんだ。

「今のは、じょ、うだんで」

「冗談？」

「…………」

「…………」

「や、嘘……。キス、したかった、から」

　誤魔化すはずが、怜悧くんの瞳を見つめていたらどうしてか本音が零れてしまって困る。

　はあ、とため息が落とされて不安になったのも一瞬。

「ほんと可愛いね、お前」

「っ!?」

　あまりにびっくりして声にならなかった。

　可愛いって言った。

　あの怜悧くんが……。

　昔から何事にも動じなくて、周りに興味がなさそうで、考えが読めなくて。

　……怖いくらい冷静な怜悧くんが。

　QUEENの実験台だと思い込んでたときに、一度だけ言われた記憶があるけど、あれは、そういう"フリ"だと認識してたせいで、今、初めて言われたかのような破壊力。

　具合が悪いとかじゃないよね。

　可愛いって、そっちこそ冗談なんじゃないのって。

　思った……けど。

「月、」

　再び引き寄せて、見つめてくる瞳が優しくて、本当にそう想ってくれてるんだと。

　胸の奥がぎゅっと狭くなって、好きって気持ちがとめどなく溢れてくる。

「早く、キス……」

　触れる寸前の位置で、焦らすようにぴたりと止まった唇に、我慢ができなくなって続きをねだると、ふっと笑う気配がした。

「なに、聞こえねぇ」

「っ、キスしたいよ、早く……っ」

　ますます顔が赤くなるのを感じながらも、もう目を逸らしたりはしなかった。

　3回目、4回目……とカウントしてみたところで、回数なんてすぐにわからなくなる。

「んっ……ぁ」

　──果たしてこれは何回目のキスなのか。

　ぐったりともう力は入らないのに、まだ離れたくないと、体が勝手に相手の体温を求める。

　知らないうちに服の中に入り込んできた手が、キスといっしょに甘やかしてくるから、息は上がる一方で……。

「れーり、くん、……もう…っ」

「ん……。やめるか？」

「やっ……そうじゃなくて」

　意地悪な怜悧くんは、やめてって言ったら本当にやめてしまう。

　やめてほしくない。

　ずっとこうしててほしい……けど。

「これ以上したら、なん……か、ヘンになっちゃう気がす、る……っ」

　キスをしながら、弱い部分を攻められていると、体の中で熱いものが、波のように、行ったり来たりして。

　溺れるくらい甘い感覚の裏で、ときおり、もどかしい切なさを覚える。

「つぁ、や……んんっ」

　頑張って耐えていたのに、いよいよ声も制御がきかなくなってしまって自然と涙目になる。

　やっぱり、こんなに恥ずかしいのはムリだよ……っ。

　そう思って、“やっぱりだめ”と言いかけたとき、低くて甘い声が耳元で囁いた。

「可愛いな……月」

「っ、うぅ」

「唇噛むな……もっと聞きたい」

　いつも冷静な怜悧くんの瞳が熱っぽい。

　ここに映っているのは他の誰でもない私なんだって。特別だって、そう思わせてくれる。

「怜悧くん……」

　手を伸ばして、ぎゅっと抱きしめた。

「っ、月？」

「大好き……」

　私も、怜悧くんが特別だってわかってほしくて。

「だから、もっとして……」

　今よりもっと、特別にしてほしくて。

「そして、ね。怜悧くんの、QUEENになりたい」

　やっと……言えた。

　安堵と嬉しさで新たな涙が零れる。

　ぼやけた視界の中で、怜悧くんが優しく笑ったのがわかった。

「QUEENを指名しろって言われたときから、お前のことしか頭になかった」

　ゆっくり抱きしめ返される。

「"一生そばにいたい"」

　月にしか言わねえよ、と。

　静かに響いた声のあと。

　落ちてきた唇を、大事に受け止めた。

恭悟と絢人

「るなたそ、友達ができてからあんまり4階に来てくれなくなったよね」

　とある金曜日の昼休み。

　巫が、珍しく元気のない様子で机に顔を伏せていた。

「仕方ないんじゃーん。女子同士のほうが話も合うでしょ、そりゃあ」

　そう言う黒土も、つまらなさそうな表情で同じ姿勢をとる。

「るなたそがQUEENになったら、僕たちで独占できると思ったのになー。てか、絢人クンるなたそと同じクラスなんだから、教室から無理やりにでも引きずってきてよー！」

「ムリー。るなこ超〜強情だし。ね、怜悧くん」

　すっと目を細めた黒土が、京町を見る。

「ああ、そういや。部屋にいるときも、最近は友達の話ばっかしてるな」

「女友達ができてよっぽど嬉しいんだろうねえ。隣の席のおれのことですら、放置してどっか行くし」

　不満げではあるけど、どこか安心している風でもある。

　黒土はなんだかんだ言いながら、チャンるなのことを気にかけているのがよくわかる。

　ただ、相手はべつにチャンるなに限ったことじゃない。

　他人に無関心なようで、誰よりも周りをよく見ている。

　　——それは黒土の本来の優しさゆえなんだろうと、初め
の頃は思っていた。
「で、どうするの！　るなたそいなくて寂しーけど、今日
のゲーム決めないと！」
　　勢いよく顔を上げた巫と目が合って、はっとする。
「……だね。じゃあルーレット回そうか」
　　そう返事をすれば
「やっぱさー。今日はもうやめにしよー」
　　と、黒土が遮った。
「え！　なんで絢人クン！」
「えー？　気分乗らないっていうか、おれ眠いっていうか」
「もうっ、その気まぐれさ、どうにかしてよ！」
「てことで解散。いいよね、怜悧くん」
　　傍から見れば、なんとも自分勝手な発言。
「ああ。俺もそろそろ出る用事があったからちょうどいい」
　　京町がそう答えると、巫が嬉しそうに席を立つ。
「用心棒必要だよねっ、僕も一緒に行く！」
　　あっけなくこの場はお開きになって、やれやれと頬杖を
つく。
「んじゃ、恭悟クンと絢人クン、お留守番よろしくチャー
ンです！」
　　敬礼をして、出て行こうとする巫。
　　その隣で、京町が思い出したように足を止めた。
「校内で三好と絢人の不仲説が飛び交ってるらしいな。月
から聞いた。どうにかならないのか」

　……不仲説、ね。

　またか、と内心思う。

「その噂、一年生のときからずっと出回ってるよね！　正直、僕もふたりはもっと仲良くしたほうがいいと思う～、組織内での仲違（なかたが）いって、敵に付け入られやすいし。実際はそうじゃなかったとしてもね！」

　巫の言うことには一理ある。

　結束が固いというイメージをつけておくだけで、周りからの警戒も厚くなって優位に立てたりするから。

「オレたち、不仲説が出るようなことをした心あたりなんてないんだけどね。プライベートでも普通に喋ってるし、ね、黒土」

　実際は、よっぽど大事な連絡がない限り、黒土とふたりで会話をすることはないものの、不仲と言われるほどお互いを悪く思ってるわけでもない。

　ただ、今は面倒だし、「ここは話を合わせてよ」と笑顔で圧をかけた。

　その意思をわかったうえで、無視するのが黒土の厄介（やっかい）なところ。

「諦めたほうがいーよ。三好とおれってどうも相性が悪いみたいだし。怜悧くんたちから見てもわかるでしょ、この微妙な空気」

　はあ、と聞こえないくらいに小さくため息を落とす。

　必要のない場面で波風を立てて楽しいのか。

　黒土のこういうところがいまひとつ理解できない。

「ま、見せかけでよければ夕市みたいにベタベタだってイチャイチャだってできるんだけどさー。三好は、そこまでしたくないだろーし？」

　黒土に煽情的（せんじょうてき）な瞳を向けられて、つい感情を表に出しそうになるのをこらえる。

「オレはやれって言われたらなんでもするよ。REDに必要なことだと思えば苦じゃない」

「おえー、三好のそういう聖人君子（せいじんくんし）みたいなところが無理なんですけどねおれは」

「まあ、REDに迷惑かけないくらいの範囲で上手くやっていくから大目に見てよ、京町」

　この話が長引くのは時間の無駄だと思いテキトウに片付けて、京町と巫を出て行かせた途端。

　黒土は何事もなかったかのように、気だるげにあくびをした。

「はあ、眠……」

「…………」

「三好、おれのこと好き？」

　視線だけを寄越して尋ねてくる。

「好きではないけど、嫌いなわけでもない、って感じかな」

「だよねーわかる。おれも同じ」

　そう。やりにくい相手だとは思うけれど、嫌いなわけじゃない。

　好きでも嫌いでもない。だからどうでもいい——とも少し違う。

「るなこがさ、三好とおれは仲良くなれるはずだって言ってたんだよね」

「チャンるなが？」

「べつに嫌い合ってるわけでもないおれたちが不仲に見えるのは、"他人と無意識に距離をとるタイプ" 同士だからじゃないかって」

　無意識に距離をとるタイプ……。

「るなこは、三好のことを幽霊みたいとか言ってたよ。なんか、綺麗な線で描かれた絵に見えて、ちゃんと存在してるのか不安になるんだってさ」

「……なにそれ、幽霊って」

　思わず笑ってしまう。

　チャンるなはたまに、こういう独特な言い回しをするから面白い。

「でもそれ、おれも前から思ってた」

　黒土が瞼を伏せる。

「三好って髪色も派手で、ピアスとか指輪とかいっぱいついてて目立つのに、なーんでか存在感がないんだよね。んで、最近気づいた。あまりにも自己がないせいだって」

　相づちは打たずに、とりあえず続きを待つ。

「自己がないっていうか、自己を意図的に出さないようにしてる？　って感じ？」

　冷静に受け止めているはずなのに、すうっと背中が冷える感覚がした。

「誰に対しても柔和で博愛主義者か？　ってくらいおんな

じ態度。なのにどこか距離をとった話し方をするし、幹部
のことですら未だに名字呼び。寄ってくる女は誰であろう
と拒まず遊ぶくせに、実はそこまで女に興味はない。人の
好き嫌いの話はしない、意見はいつも中立の立場から述べ
る……」

　思いつくまま、つらつらと言葉を並べる黒土。

　テキトウなことばっかり、と一蹴すれば済む話を、どう
してか遮ることができなかった。

「おれは黒帝で情報を扱ってた人間なので、三好の生い立
ちとか家族関係とか、いろいろ知ってるよ。……って言っ
たら、怒る？」

「……いいや。言わないだけど、べつに隠してるつもりは
なかったことだし」

「あそ。まあ外枠を調べたところで、三好自身のことはな
んもわかんないけどさあ。意図的に自己を出さないように
してんだったら、そういうのが関係してんだろうなー、と
は」

　三好も大変だね、と他人事のように言う。

　他人に興味がないようで、よく見ている。よく見ている
わりに、干渉はしない。

「黒土って、他人のことよく見てるよね」

　そのまま口にしてみる。

　どういう反応をするのか、ふと気になったから。

「ああこれ、癖だよ癖」

「癖？」

「人を観察する癖がついちゃってんだ。表情とか動作とか、些細な変化や違和感を見逃さないように、松葉に仕込まれて育ったから」

　ひょいと肩をすくめてみせる。

「もちろん、おれが見ていることは、相手に悟られないようにして」

　——周りをよく見ているのは、黒土の優しさなんだろうと思っていた。

　だけど、そういうスパイじみた癖がついているだけで、やっぱり他人には一切興味がないみたいだ。

　……と、結論づけたところで。

　——また惑わせてくるのがうちのJOKERだったりする。

「長話になったけど、そろそろ部屋に戻って休みな。　今日、体調悪いんでしょ、あのままゲームしてたら三好ボロ負けだったねえ」

　薄く笑って、席を立つ。

　……気づかれてた。

　ことに、気づかなかった。

「ていうか、おれたち、いったん不仲で売るのもアリでは？今思ったけど」

「はあ……いきなり何」

「不仲と見せかけて実は仲が良かったってギャップを狙っちゃおうよ〜」

「どうでもいいけど、オレたちって仲良くなれるの？」

「るなこがなれるって言ったからなれるんじゃないの。おれはるなこに、全面的な信頼をおいてる」

　チャンるな、ね。

　謎の根拠でものを言うのに、信じてしまいそうになるから怖いよね。

「あとは三好次第かなー。さっきも言ったけど、三好って誰に対しても同じ態度だからさ……」

　扉の手前でくるりと振り向いたかと思えば、ニヒルな笑みが現れる。

「その澄ましたカオ、ぐちゃぐちゃにしてやりたーい」

　──なにを考えているかわからない。

　そんな黒上だからこそ、唯一本音を言っているとわかるこの悪い顔に、皮肉にも安心感を覚えるのだった。

陸ノ席

　3学期が始まってすぐ。

　七原さんも一時退院して全員揃うからと、放課後4階に集められた。

「七原さん、退院おめでとうございます！」

　私の掛け声とともに、巫くんがクラッカーを引いた。

　パン！　ときらきらしたものが飛んで、あっけなく散っていくだけの、なんとも簡素な出迎えになってしまったのは——。

「七原さん、退院するときは事後報告じゃなくて事前にしてください。見ての通り、なんの準備もできてないですよ」

　そう言う怜悧くんに、七原さんはけらけらと笑う。

「いやあ、いきなり帰ってきても、みんながこうやって駆けつけてくれるなんて、幸せですな」

　前に会ったときよりも顔色もいいみたい。

　よかったなあ。

「りょークン、るなたそ、正式なQUEENになったよ！」

　とつぜん視線が向けられてどきっとする。

「そーか、よかったわ〜！　感慨深いなあ、本当の意味で全員揃ったのは、いつぶりかな」

　そうして、席札のついたテーブルに各々腰を下ろした——のはいいものの。

　ぽつんと、陸ノ席だけが空いている。

　他が揃っているからこそ、空席が余計に目立つように
なってしまった。
「あの、……この前までQUEENになるのを保留してた私
が言うのもなんですが、陸ノ席……ELDESTの候補って
いないんですか？」
　すると、七原さんが目を丸くする。
「おや？　陸ノ席について、本田月ちゃんはなにも聞かさ
れてないの!?」
「え！　なんっ……陸ノ席って、空席じゃないんですか!?」
　あまりにもびっくりした顔を向けられるから、動揺して
しまう。
「チャンるなの言う通り、陸ノ席には誰もいないよ」
「だ、だよね」
「紙面上はね」
「シメンジョウ……？」
「あー、ええと。登録データ上ではいないって感じだね」
　うん……？
　てことはつまり──。
「正式なメンバーじゃないけど、ELDESTは一応存在して
るってこと？」
「まあ、そういうことになる……のかな」
　三好くんが確認するように怜悧くんを見る。
「そうだな」
　あっさり頷く怜悧くんに、ますます混乱した。
「そんな話、私知らなかったけど……」

「ああ悪い。言ってなかったな」

　えええ、急展開！

「その方は今どこに？　名前は……」

「七子だよ！」

　と、巫くんが答えてくれたけど。

「ナナコ!?　えっ、女の人……っ？」

　仰天する私に、みんながおかしそうに笑い始める。

「んえっ、なんで笑うの……」

「りょークン、るなたそにも早く会わせてあげて！　今日
は連れてきてるんでしょ！」

　連れてきてる!?

「うん、そうだね。じゃあ出ておいで〜七子」

　そうして、自分の足元に声をかける七原さんを凝視。

　そこには四角いボックスがあった。

　カチャ、と鍵を回して、ボックスが開いた瞬間。

「ミャアン」

　ぴょこ、と耳が現れる。

「!!　ネコチャン!!」

　出てくるなり、七原さんの膝に飛び乗ったそのネコチャ
ン。

　きゅるっとした瞳と視線がぶつかった。

「っ、可愛い!!」

　飛びつく勢いで近寄ってしまったけど、ネコチャン──
ナナコちゃんは警戒する気配もなく。

「ミャア」

　と、伸ばした私の腕に飛び移ってくれた。

「陸ノ席って、ネコチャンのことだったの？」

「そ。了くんの飼い猫の七子」

　と三好くん。

「ちなみに七原だから七子という安直さ」

　と絢人くん。

「というのも、もともとREDには伍ノ席までしかなかったのさ。ほとんど不在の七原がKINGをやるわけにもいかず、だけど帰ってくる場所をどうしても用意したいって怜悧が言ってくれて、陸ノ席と漆ノ席ができたんだよな」

「そうでしたね。七原さんが、苗字にちなんでどうしても七番目の席がいいって言うから、無理やり陸と漆をつくった……のはいーけど。陸が空いたまま、どうするって、一時は真剣に話し合ったんだよ」

　へえ〜そんなことがあったんだ。

　それで飼い猫のナナコちゃんが陸ノ席（仮）に……。

　可愛いエピソードだな。ほっこり。

「あ、ナナコちゃんごろごろいってる！　気持ちいいのかなっ」

　耳の付け根を優しくなでると、すり寄るように甘えてくるからたまらない。

「本田月ちゃんが嬉しそうでよかったよ」

「へへ、ネコチャン大好きなんです！　うちは親が厳しくて飼えなかったんですけど、近所のお姉さんが飼ってるネコチャンに会いに、怜悧くんとよく行ったりしてて」

　怜悧くんも、昔からネコチャンに好かれるタイプだった
んだよね。
「あの家すごかったな。7匹ぐらいいただろ」
「そうそう！　それでメスの子はみんな怜悧くんのとこ
行っちゃってた！」
　思い出したらほっぺたが緩む。
「んん～っこの毛並みたまらない!!　お顔もしっぽも可愛
すぎる!!」
「そんなチャンるなが可愛いよね」
　さらりと口説き文句のようなことを言う三好くん。
　手練れだなあとつくづく感心する。
「三好くんもネコチャン好き？」
「好きだけど……あんまり懐かれた試しがないんだよね」
「へえ、意外！　女の子にはモテモテなのに……」
　すると、絢人くんがふっと鼻で笑った。
「動物は人の本性見抜くっていうじゃん？」
「絢人くんに言われたくないんだけど？」
　両者、にこにこ笑顔でバチバチしてる。
　でも、前みたいによそよそしいって感じじゃなくて、お
互いにちゃんと向き合ってるように見えた。
　ほら、やっぱり相性が悪いわけではないと思うんだよ
ね！
　このまま超がつくくらい仲良しになってくれたら嬉しい
なあ、なんて。
「僕はねーっ、犬のでかいやつが好き!!」

「そうなんだ。なんかわかるかも。巫くん、一緒に広い庭
を走り回ってそうだよ」

「うん！　そーいう相棒を見つけるのが将来の夢なの！」

「いい響きだよね、相棒って。おれは従順な下僕を見つけ
るのが将来の夢～」

「むむ、絢人クン、相変わらずゲスい!!　こうしてやる!!」

「っぐ、いっ……た……」

　みんなの笑い声が響く。

　初めて幹部全員揃った日は楽しくて、夜が明けるまで話
が尽きることはなかった。

あぶないドリンク

「ハイ、今回敗者ののるなこちゃんには、罰ゲームのドリンクを飲んでもらうことになりまーす」

　——3学期の半ば。

　久しぶりに、幹部のトランプゲームに交ぜてもらった私は、見事に惨敗した。

　しかも今日に限って、なにかを賭けるのではなく、敗者が罰ゲームを受けるというルール。

　さては、ハメられたのでは……？　とも考えたけど、ただ単に知識が乏しい私が弱いだけだった。

　改めて、テーブルに置かれたドリンクをじっと見つめる。

　パッケージにもデザインというデザインはなくて……。

　ラベルはピンク色。

　色つき瓶に入った中身はどんな色なのか、まるで見ることができない。

「これ、中身なに？」

「教えたら楽しくないし……おれも知らない」

「んなっ!?　絢人くんが仕入れたドリンクじゃないの!?」

「知り合いからたまにもらうんだけど、闇鍋なんだよね。まあ大丈夫だよ、体に悪いものじゃないって保証だけはある商品だし、入手ルートも合法だからー」

　悪いものじゃない。

　合法……。

　見ている怜悧くんがなにも言わないんだから、だいじょうぶなものではあるんだろうと思う。
「これ、僕も当たったことあるよ！　そのときは、激苦青汁だった……！」
「そ、そっか」
　見た目がアレなだけで、一般的な罰ゲームの代物（しろもの）に変わりはないのかな。
「ううう、飲むの怖いよお。なんでいつも負けちゃうのかなっ」
「あれだけ負け続けるのもすごいよお前」
　感心したように怜悧くんが言うけど、ちっとも嬉しくない。
「じゃあ、いきます」
　蓋を取って、目をつぶって、おそるおそる口を近づける。
　匂いは……なんか、甘い？
　これなら飲めるかも……。
　どきどき、どきどき。
　口に含んだ途端──広がるのは桃、みたいな甘み。
「っえ？　美味しい……」
　確かめるように、もう一度ごくり。
「やっぱり……おいしい」
　私の感想に、幹部の方はやや残念そうな顔をしてみせる。
「美味しい？　るなこの舌が腐ってるとかじゃなくて？」
「失礼な。ちゃんと甘くて、ちょっととろみがあって、すっごく美味しいよ？」

「えー、せっかくチャンるなの面白い顔が見れると思った
のに」

　どうやら私の百面相は三好くんに定評があるみたいだけ
ど、こっちとしてはただ恥ずかしいだけ。

　三好くんって、女の子に対しては超絶紳士なはずなんだ
けどなあ。

　私のことは、面白がる対象でしかないみたい。

「もう〜、初めて会ったときみたいに"お嬢さん"って呼
んでくれてもいいんだからね？」

「ハハ、もう呼ばないよ。オレにとってのチャンるなは、
もうお嬢さんじゃないから」

　はあ、言いたい放題だなあ。

　スルーして、ごくりごくりと残りを一気に飲み干した。

　うんっ、やっぱり甘くて美味しかった！

「るなたそ、すごい飲みっぷり！」

「ジュースみたいだった！　なんならおかわり欲しいくら
いだよ〜」

　すると、絢人くんがぽんっと、もう一本取り出すではな
いか。

「あるよ。飲みたいならどーぞ？」

「え、いいの！　ありがとうっ!!」

　迷わず蓋を開けてしまった。

　──のが、いけなかった。

「……月？　お前顔赤くないか」

　およそ10分後。

　みんなで雑談をしているうちに、なんだか、体の芯がぽかぽかしてきたかと思えば、そこから急激に熱くなって。

「うう……」

　頭はぽわんとしてるのに、どこかそわそわ、落ち着かない感じ。

　なにこれ……？

「あ、熱いいぃ……」

　無意識にシャツに手をかける。

「月、」

「っ、ひゃぅ」

　怜悧くんの手が当たっただけで、びくりと体が反応する。

　い、いや……なんで？

「これ、……ドリンクのせいじゃないの？」

　冷静な三好くんの声も、どこか遠くで聞こえてる気がした。

「そういやるなこ、甘い……とか言ってたっけ？　その時点でヘンだと思ったけど」

「……？」

　な、なに？

　やっぱり、普通の飲み物じゃなかったってこと？

　そうしてるうちにも、体は熱くなっていく一方。

「な、にこれ…っ、絢人くん、たすけて……っ？」

　勝手に涙がにじんでくる。

　いよいよ本格的におかしいと思って、絢人くんにすがれ

302

ば。

「っ、るなこ……」

　どうしてか、顔を赤くして逸らされてしまった。

「るなたそ、大丈夫なのっ!?　気分が悪いとかはあるっ？
背中さすってあげようか!?」

　飛んできた巫くんが、よしよしとしてくれるけど。

「ひぁ……んんっ」

　その小さな刺激にすら肌が敏感に反応してしまって、も
うどうしていいかわからない。

「チャンるな落ち着いて……って言っても無理だろうけど。
たぶんこれ……精力剤の類（たぐい）だよ」

「せいりょく、ざい？」

「いわゆる媚薬（びやく）的な、ね」

　んな……媚薬って、あの、漫画で出てくるみたいな!?

「やっ、そんな……どうしようっ、熱いよ……っ」

　そんな私を、怜悧くんがそっと引き寄せた。

「とりあえず水飲め」

　差し出されたコップを全部飲み干してみたけど、なにも
変わらない。

　それどころか、一段と熱くなって、頭がぼうっとしてる
気がする。

　あと、なんか……体がぞわぞわってする……。

「これ、どうやったら治るの……？」

　不安になって、ぎゅうっと怜悧くんに抱きついた。

「数時間経ったら、だんだん症状が引いていくものが多い

けど、チャンるなの場合は2杯も飲んじゃってるし」

　うわーん、私のバカ！

　あんなに怪しい見た目のドリンク、なんでおかわりまで
しちゃったんだろ……！

「るなこごめん……。闇鍋の中にそーいうのがあるって、
おれ把握してなくて」

　珍しくうろたえた様子の絢人くんを責めることなんて、
できない。

　でも、このまま数時間もこの状態なんて……。

　熱いだけじゃなくて、体が切なくて苦しいよお……。

「あとは、無理やり楽にさせてあげるしか……」

「楽にって……どうやって？」

　三好くんの返事を聞く前に、ふわっと体が浮いた。

　何事かと思えば、怜悧くんが私の体を抱きかかえていて。

「ほんと、世話が焼けるなお前。優しくしてやるから、俺
の部屋に来い」

　そう言って、私を部屋から連れ出したんだ――。

「月、こっち向け」

「ん……んぅ」

　火照った唇にキスが落ちてくる。

　ぼうっと心地いい中に、さらに甘い感覚が広がった。

「れーりくん、もっと……っ」

　普段は心の中でとどめているものが、勝手に声になって
零れていってしまう。

とびきり甘やかしてくれるのに、足りない足りないって、もっと求めてしまう。

媚薬のせい……？

「理性飛んでんの……？　ほんと可愛い。もっとってなに、どうしてほしいわけ」

「ん……ぁ、…っ」

でも、いつもより怜悧くんとたくさんくっつけて嬉しいよ……。

「れーりくん、こっちも、触ってほし……よ」

唇だけじゃたりない。

もっと触れてほしい……っ。

恥ずかしさでじわりじわりと涙が浮かびながらも、怜悧くんの手を取って、自分からおねだりまでしちゃう。

操られてるみたいにも感じるけど、これは間違いなく私が求めてることで……。

「っ、はぁ……素直すぎ。だろ」

怜悧くんはあのドリンクを飲んだわけじゃないのに、いつもより余裕がないみたい、に、見える。

熱っぽい瞳の中に私が映ってて、胸がぎゅっとなった。

「怜悧くん、好き……大好き、」

素直な気持ちを伝えれば伝えるだけ、怜悧くんは深いキスをくれて大事に大事に愛してくれた。

初めは恥ずかしさで流れていた涙も、いつの間にか幸せな涙に変わっていて……。

「月、もっとこっち」

　ドリンクの効果はとっくに切れたあとでも、再び引き寄せられると、大好きな気持ちが溢れて止まらない。

　ちゅ……と、思わず自分からキスをしてしまう。

「……お前な、そろそろ寝かせてやろうと思ったときに、そーいうことするなよ」

「……、いや、だった？」

　だって……。

「まだ、もっと、したい……。ドリンクのせいじゃ、ないよ？好きだから……」

　言いかけたセリフは、怜悧くんに優しく呑み込まれた。

　バケツの水をかけられたり、いきなり下僕だとか4番目のカノジョだとか言われたり。

　ババ抜きで騙されてジョーカーを引かされたり。陸ノ席がネコチャンだったり。

　挙句、罰ゲームで飲まされたドリンクでこんなことになっちゃって。

　赤帝に来てからびっくりすること続きだったけど、でも、不思議なことにぜんぶいい思い出になってしまう。

　RED KINGDOMのみんなと過ごす毎日は、きっとこれからも楽しくて、ちょっと刺激的な。――かけがえのない時間になる。

End

☆

afterword

あとがき

　物語を最後まで見届けてくださったみなさま、ありがとうございます！

　あとがきはなにを書くか悩むので、今回はREDメンバーのエピソードでも語らせていただこうかなと思います。

　怜悧は、月が黙って転校したことに対して実はトラウマレベルで傷ついています。そのせいで荒んでしまった中学時代、喧嘩を覚え、その危うい雰囲気に惹かれた女の子たちにモテまくるものの「月しかムリ」と跳ねのけ続けたエピソードは地元では有名です。

　月は、私が、明るくて一生懸命な女の子が大好きなことから生まれました。ちょっとアホな部分も可愛がっていただけたら嬉しいです。

　次に絢人。るなこのこと、好きだよね？と決めつけてあげてください（？）。自覚があるのかないのか、月が黒帝に襲われかけたときに言いかけた言葉はなんなのか。その決めつけ前提で物語を見て頂けたらと思います。ちなみに、2学期に行われた心の健康アンケートで、すべて①にマークをしてコンピュータを困らせたのはこの人です。

　恭悟はライター集めが趣味です。煙草は吸いません。ちなみに、世の女の子のことは全て "お嬢さん" 呼びで、チャンるながお嬢さんでないのは、そういうことです。ちなみに、春藤なかば先生が描いてくださった幹部メンズの中で

も特に一番タイプで、限界まで拡大してスマホを見つめていたことはここだけの話です（心臓を捧げたい＞＜♡）。

夕市……。唯一の可愛い担当のつもりだったのですが、今となっては一番末恐ろしい気もします……（笑）。

七原了。４月４日生まれ、了＝終わる。それすらネタにして、ずっと運命に逆らい続けています（本人は自分の名前が大好きです）。お医者さんからは、12歳まで生きられないと言われていました。たくさん楽しんで長生きしてね。

この作品が形になるまで、本当にたくさんのお力添えを頂きました。担当さま、ライターさまに頂いたアドバイスのおかげで、サイト掲載時よりも楽しいと思える作品になりました。そして編集をする中で創作が好きだなあと改めて感じることができ、本当に感謝が尽きません……！

そして前作に引き続き、カバー＋イラストを担当してくださった春藤なかば先生。キャラたちの特徴を丁寧に表してくださり、ああ、怜悧だ、月だ……と見るたびに心が震えました。カバーよく見ると、怜悧の手に月の髪がかかっているんですよね、密やかな萌えポイントです……！　春藤先生の作品はどれも、ひとりひとり、ひと場面ひと場面の表情が繊細で本当に大好きなのです。この本も大切な宝物になりました。

この作品に関わってくださった皆さまに心からお礼申し上げます。本当にありがとうございました。

2022年4月25日　柊乃なや

作・柊乃なや（しゅうの　なや）

熊本県在住。真っ赤と真っ黒が好き。最近、品の良さとぎらぎらを兼ね備えた男の人のかっこよさが最強なことに気づいてしまった。2017年1月に『彼と私の不完全なカンケイ』で書籍化デビュー。現在はケータイ小説サイト「野いちご」にて執筆活動を続けている。

絵・春藤なかば（はるふじ　なかば）

3月10日生まれ。うお座。AB型。専門学校の先生の「デビューしたら焼肉」の言葉を糧にして、「別冊フレンド」2017年3月号『こいはな。』で漫画家デビュー。見た目は怖いけど、中身がかわいいギャップ男子が大好き。既存作品に『年下ヤンキーを推せる件』（電子のみ）、『カワイイなんて聞いてない！！』（紙＆電子）がある。現在は雑誌「別冊フレンド」で活躍中。

ファンレターのあて先

〒104-0031

東京都中央区京橋1-3-1

八重洲口大栄ビル7F

スターツ出版（株）書籍編集部 気付

柊乃なや 先生

【イケメンたちからの溺愛祭！】
最強総長に、甘く激しく溺愛されて。
～RED KINGDOM～
2022年4月25日　初版第1刷発行

著　者　柊乃なや
　　　　©Naya Shuno 2022

発行人　菊地修一

デザイン　カバー　ナルティス（尾関莉子）
　　　　　フォーマット　黒門ビリー＆フラミンゴスタジオ

ＤＴＰ　朝日メディアインターナショナル株式会社

発行所　スターツ出版株式会社
　　　　〒104-0031 東京都中央区京橋1-3-1　八重洲口大栄ビル7F
　　　　出版マーケティンググループ　TEL03-6202-0386
　　　　（ご注文等に関するお問い合わせ）
　　　　https://starts-pub.jp/
印刷所　共同印刷株式会社
Printed in Japan

ISBN 978-4-8137-1253-4　C0193